落在宣纸上的桃花

|鸣 皋 著|

敦煌文艺出版社

LUOZAI XUANZHI

SHANGDE

TAOHUA

图书在版编目（ＣＩＰ）数据

落在宣纸上的桃花 ／ 鸣皋著. -- 兰州：敦煌文艺出版社，2020.7（2021.8重印）
ISBN 978-7-5468-1913-6

Ⅰ．①落… Ⅱ．①鸣… Ⅲ．①诗集－中国－当代 Ⅳ．①I227

中国版本图书馆CIP数据核字（2020）第106403号

落在宣纸上的桃花

鸣　皋　著

责任编辑：张家骝
装帧设计：马吉庆

敦煌文艺出版社出版、发行
地址：（730030）兰州市曹家巷 1 号新闻出版大厦 23 楼
邮箱：dunhuangwenyi1958@163.com
0931-8773148（编辑部）　0931-8773112（发行部）

三河市嵩川印刷有限公司印刷
开本 880 毫米×1230 毫米　1/32　印张 8.5　字数 110 千
2020 年 9 月第 1 版　2021 年 8 月第 2 次印刷
印数 1 001~3 000

ISBN 978-7-5468-1913-6
定价：38.00 元

目 录

Contents

春天睡了而种子醒着

这是时序三月的北方的小小的城

慵懒的小猫弓起的腰身还没有舒展

河床冰面上倒映着更显静寂的楼宇

沙尘暴让踏春的明媚的女孩失神

任性的春天不会急着睡醒

只有种子，顶着表面的静寂活动筋骨

念及

深一脚浅一脚走过的

无非是些生命的无序的密码

有意和无意爱过的

终归是一场必须有的爱

生活在无尽的消磨中放大

悄悄地放下不安的心已然很好

在不断增多的生命图景里

我会念及这本不该忘却的事

小酒馆

手指的意趣是让红蜡烛跳起舞来
跃动在更为抽象里的是此刻我绯红的脸
我慵懒而僵硬的身躯撑起这红，那么持久

我目光所及的不再是这眼前斗室的景象
像只慢飞出去的鸽子，我看到田野的收获
怠慢过春天的光景，此刻，多么兴奋

红彤彤的日子

沉甸甸的赶集和喜庆的问候

在晨曦的柔波里一再荡漾

屋檐上挂起的成串的红辣椒

远远地将一种幸福招摇

昔日手放在额头望不到巷口

像是光明不属于这般崎岖的村子

如今望不到的只是一种深沉的景致

那些崎岖的小路处处弥漫幸福

父辈们沟沟坎坎的人生阅历

现如今成为九曲十八弯的幸福守望

不需要从父辈的额纹里探索

从他们踏实的脚步去预知未来吧!

穿你的外套去旅行

一定是三月和煦的暖风下

才有温暖如初的浅浅的笑脸

一袭长衫轻移季节的问候

我是你温馨呵护下的流浪儿

从温暖更温暖处寻觅温暖

遥远的寒冷在心底融冰般消融

要用这一针一线拉起的温暖

走过每一个必须有的途程

半截光阴

只是回首时一声轻微的叹息

心头那绵邈的云翳逐云水而去

也许是一次心底无心的念起

看一场人生斑斓里斑驳的人生

我搔首弄姿的身影伴那年华舞

翩跹起半截光阴的任意挥霍

像那山涧的夕阳，轻轻没过

那些静寂里的一点点热闹

野火

一定会在那不羁的岁月

在心徒四壁的午夜迅疾而燃

这究由光明和狂飙突击的震响哦

揪着我的心直到天明

冲突，奔涌于千年干涸的河床

泛着淡蓝色的鬼魅般的影子忽明忽暗

叩问，顿悟于流年的光景

我双手向前的姿态注定

要么心怀悲悯，要么还原为尘

早已干瘪而麻木的肉身

要挤出多少人间的泪

才好在难以安顿的爆破声中平息

在一朵菊花里等你

．

等你，在菊花吐蕊时

那些凋零的花朵，带着过往

残存的温情，屏声静气，开始

焐热下一季的问候

在一朵菊花里等你，在你

卷曲的丝绦前，让思恋倾泻

在你纤细的发梢，奔涌出金黄

且略带香气的晨露般的珠儿

这来自菊花里的念想，带着

不多的绿意，簇拥着一个金灿灿

的梦，划过无数黑夜

去抵达小小的你的港湾

愁眉拧起的结，恰似你的模样

仿你的傲姿，在等待里将自己站成天涯

再让头顶的蓝天瞬间

打上镀金的思恋

怀念鹰

是蓝天映衬了那不可争辩的傲

是高原边地的风

给落寞以忧郁的神情

穿透人心的一眼

让世上最美的姑娘凝眸

黑色的披风遮挡过漫天的谎言

不断地拼搏激荡起一个民族的骄傲

格桑花招展的清晨

马蹄铮铮地狩猎

你是草原最美的情郎

春天来得这么早

朋友啊！春天来得这么早

整个冬天的抱怨和不快

都将散去

报春鸟尚未啼破哑默的冬季

万物萌发的喜气已然到来

灰褐的尽头 梅花一点

朋友啊！报春的信息显然太迟

只需一个夜晚的氤氲

春的身影就在你的眼眸里留恋

放心地打开透不过气的门窗吧

大胆地牵着爱人的手去旅行吧

心里有春就有希望

坐在云上想你

那些想你的日子

如同荼蘼之花

满山遍野火一般红

就只是红火一片地燃烧

总有大山盛不下的热情

那就坐在云上想你

云上的我飘飘地

想地上缈缈的你

望秋

肃穆拉长的忧郁里

风信子肆意传递深情

一抹残阳将这温情收敛

你婉约如风的韵致

是意象里一池慵懒的荷

争飞的不只是一两只大雁

我望向你的眸子

带着晶莹的露珠问询那残月

幽静如潭是你最初的模样

一切随风散去

一切随风散去

正如夕阳敛去阳台的静谧

徒留茶香在记忆里漫逸

如退去的洪水

在岸边留下清晰的白印

诉说经年的苦难

一切随风散去

恰如一切来时的模样

静寂里参不透喜忧的迹象

似蝶舞在花丛中

只消一阵轻微的风

便带着香甜起飞

一切随风散去

像是记忆中有过的

儿时吹起的口哨

想起的甜蜜和忆起的酸楚

都在当下的风里散去

一切随风散去

三月烟花

轻移季节的问候

满眼云里雾里的念想

在三月的风中轻飏

问候惊愕在繁华如梦的

你的明媚中

错失的言辞和你烟雾缭绕下

隐去的楼台没有两样

你一袭薄纱掩藏的娇羞

让北方的汉子

在醉酒中不断地喊出你的名字

一瞥眼，看到你额角的秀发

芳菲般在我的心田清香不散

我就会情不自禁地醉倒

做一棵无忧草多好

在阳光明媚的早晨

第一声鸟儿的鸣啭里

尽情地舒展自己

在母亲河涌起的柔波里

将自己绽放为

西部最美的风景

是谁，撕开了荒漠的伤痕

裸露突兀的贫瘠里

诉说千年的哀怨

做那无忧草吧

忘却自己的烦忧

给大地绿色的新装

即便我能移步生莲

这些让岁月渐行渐远的日子

我听到时间的嘀嗒

在清脆有韵的节奏下

并入我蹒跚而凌乱的脚步

即便我能移步生莲

能让我的脚步在匆匆里显得优雅

也难与你这清脆的嘀嗒合拍

一声嘀嗒，我慌不择路

嘀嗒……那些青葱的岁月不见

那些抓着你的小手

满世界跑的身影也不见

还包括我望向远处的眼神

我凌乱的脚步踩不出生活的愿景

是慌乱生活的一种掩饰

荒凉的心里一曲留恋的舞蹈

一曲便是地老天荒

那个临潭思索的迟暮人呢

我在嘀嗒声中沉思

撷取无涯时间里一霎的图景

无数次在脑海里回顾

好让我再次踏响江湖的马蹄

与那嘀嗒合拍，试问

能否押了你嘀嗒的韵脚

给前程一个不紧不慢的身影

人间四月天

美人凝鬟般的春天

在我上下打量季节的时候

准时到来，不必讶异

在一盆冒出新芽的盆栽里

它掀起绿意的波

在房间的一隅翩跹

这静趣里的闹

带我神往的眼神跳

它是扯起希望的帆

是愁眉苦脸的人们心中的亮

是静默者唇边爽朗的笑

是生而彷徨的我们

心底的依靠

是天下有情人心中捧着的活力

它是寰宇给儿女们

最后唯一的温情

这四月的光景

不要它残存的颓败

到原上去往田野行，去山色烂漫处

挣脱一整个冬季的束缚与矜持

看一眼飘满风筝的天空

听一场孩子们无处不在的欢笑

让心中满满的幸福

溢漫整个大地

会有那么一些感动

会有那么一些感动

像是晨光里的露珠轻轻地抖动

从碧绿色的草尖上最终滑落

它的坠落里带着莹莹的青草的清愁

微风拂过那些疏密的暗影

映着如洗的碧空悄无声息地滑落

此时，我看到火烧云停止追逐

流金的天幕下站满向晚的孩子

世界一如既往的祥和

我们在炊烟缭绕的地方继续生活

继续唠叨一些对于生活的埋怨

也绽放着渐次宽恕的笑脸

经年敲打我那未闭的柴扉

褪去繁华尘梦里的浮躁

世界从此很小也从此很大

用终日茫茫抵消人间的伶牙俐齿

剥落生命的种子五颜六色的壳

我是生命的江河里独钓季风

问询一场雨寒一阵风疼的那个人

将年轮深刻在脚下一方的囚者

囚于繁华也囚于心寂的那一个人

会将一种对于远方的追问

镌刻在供起我双脚的土石上

要它们一起在沉默里参透苍凉

将那背对着的一世繁华

付于江湖，付于枯寂了半个世纪的苇草

让这一切在一片涛声里去映照洪荒

风中雨中就会有一份绵邈和浑厚

经年敲打我那未闭的柴扉

故乡晃动着难以注解的亲切

从离开家乡的那一刻

我们就都标上了流浪的记号

都在各自的颠沛流离中寻找故乡

这是生命中无法终结的情怀

这是我们倾其一生

拉直的人生跑道上一次剧烈的回伸

一次绝无仅有的叹息

无论风向哪个方向吹

都有故乡酸酸甜甜的味道

我们无法停止的脚步

在深深浅浅的印记上轮番标记思念

我们一起走出艰辛却无法走出故乡的影子

各自流浪的脚步走过万千

走不出心底模糊而又清晰的故乡

心底涌现对于故乡亲切的沉重

只言片语里的沉，一声问候里的重

都将在悬空的心上和流浪的脚底颤动

昂首阔步时故乡是眼前的一幅画

步履维艰时故乡是心底一汪清亮的泉

万般变化的前行的姿态里

故乡晃动着难以注解的亲切

想要说过往就是流水

以一低头的优雅告别过往

这是薄凉的世道里唯一的借口

茶杯里曾经清俊的自己

和蓝天上激越的云块一起消失

终日昏昏像个前朝的遗老

在无法更替的叹息中消磨岁月

这玉润珠圆的岁月被我打磨光亮

那些雕梁画栋的烟景在脑海里夜夜笙歌

想要说过往就是流水

不必在叹惋里听它抑郁的咏叹

且听它悠扬里令鱼儿沉迷的棕鸣之声

是怎样穿过丛林越过那静静的高岗

那远山的暮色赶着阵阵云朵来临

我心神不定的样子隐在黑夜前

好让我提前在星光斑斓的辉映下

再话似水如年的岁月

带你去江南

曾经，说要带你去一趟江南

驾一叶扁舟，寻伯牙的琴于山涧

落日余晖下让信仰镀一层浅金

云遮雾绕处，试问子期可好

从北到南给爱的步伐注入多彩的希望

带上北方几代人喝过的那一壶老酒

带上记忆中断桥边的枯藤，老树

还要牵一匹瘦马，在江南青石铺就的小道

留一路清越的哒哒声，好装扮江南的梦

或许，还应撑一把红色的油纸伞

在江南丝丝的小雨里，迷离的水雾里

远远地撑起一抹红，让仰望的身姿

荼蘼成相思的花，在水乡穿越梦境

抵达我小小的念你的心室

一瞥成殇

生命是一场难料的颠沛流离

暗自成殇的痕迹在随意的一瞥中出现

令人唏嘘的红尘旧梦，拽着心儿飞

这是春寒尚未褪尽的季节

园池里倒映着早开的花儿的影

一梦千年的倩影迢遥起尘蒙洪荒的回首

我不经意的一瞥激起水榭亭台的旧事

暗香逐着波光直往心里去，往幽幽的心里去

心思在南唐的庭院，隋朝的玉阶前徘徊

沉鱼落雁的镜湖可是此时的季节

这是西子捧起的愁是昭君回首的哀怨

是楚地君子空怀报国的冰心一瓣吗

这春景里袅娜的最后的舞

唤醒整个春天却挣不脱一池春水的无情

与其在这死水微澜的池中跌破丽影

不如在山野烂漫处开至荼蘼

说一场四月的雪

2016 年 4 月 16 日，我所在的西部城市下了一场大雪！

——题记

迷离，神醉于满眼的白

宛如一场缠绵悱恻的爱情

昨夜的灿烂和葱郁的幸福在想象中挣扎

湿漉漉的相思洇成淡烟延伸开去

我们都在相思成灾的境地想着以往

大面积的留白为心事挪开欲言又止的意境

要是白天解不开这爱的唯美纠葛

我们会在夜晚重提旧事

一场旧梦

那些无望的昔日，突然到来

在我不曾设防的心底盘根错节

以一个转身关闭望眼欲穿的繁华

我是别人心头枝繁叶茂上的一滴微露

记起或者彻底忘却都与我无关

风起的日子里，我只能掉落

携着芳香如同做了一个轻盈而美丽的梦

垂落，垂落里一并消散了明丽的影子

跌破一个绿油油的梦，绿油油的

散发出光芒的晶莹的梦

那是山水含情的氛围里一曲悠扬的歌

是为追梦人奏起的圣乐，雀跃着挽了梦儿飞

戛然而止的乐符是我痛定三生的界石

是一杯酒落愁肠的烟火，是无边的重

从此，我嗜酒如命却怕杯酒醉人

我放下刀放下烟熏过的茶具披散江湖

却怕你一再问询的眼眸将我烫伤

隔着帘幕数重的江湖，看心香缭绕

我在我的方位望向昔日的热闹

就像我在深沉的大地上又做了一场梦

无数清辉洒地的夜晚

想说和不想说的都在脑海盘踞

以一个欠身酝酿此刻的心情

这是我保持了许久的一个固定动作

拦隔流水激起的水花也抵消山野清瘦的寂寥

可以临窗啸月拖一个清辉满地的影

那月也似欠了一个身丢给人间谜一样的冰轮

只是那样静静地观望，静静的如同倾诉

摇晃的身影总会挣开一些格外的想

跃过暗青的芳草带着清香来这小小的心房

看见和看不见的都在心底挣扎

这更像一串精美的琥珀手链横在我的眼前

让我不断地透过晶莹的表面看到叹息的真实

与你约定的事都已长成阶前的苔藓

那座失约的青山依旧散发着迷人的馨香

我却只想一遍遍绾起你的长发

无数清辉洒地的夜晚

我都会以固定的角度固定地想起

总会以一个欠身的姿态将你一次次打量

我在人间的样子

我从三间茅屋走出后

再也没能找到两三滴雨水前清幽的写意

清晨的鸟啼没能唤醒我沉睡的江山

我是自己记忆中一叶轻划而过的木舟

我掀起不足半尺的浪头，够自己一酹江月

往往要到青梅煮酒的时节

我就会踩响山间的石阶，听一场

自己的道场，不论英雄，不论出处

我的茶汤里盛不住太大的喧闹

只有一两滴世间的清欢

新荷

当所有的约定都成为一场谎言

期许变为无法预知的奢望

褪尽一切污浊和不堪，只要风起

只要有朗月照临在我的尖尖的角上

我就会在这浩渺烟波上舞尽人生

与这一片排空而上的绿，一起

站成你眼里再也走不出的希望

只是一眼，你便有了如风的传说

相思藏在簇拥着的热闹里，热望里

静等传讯的鸥鹭啼开苇叶的急躁

就会让湿漉漉的脚下不再苍白，茫然

此时，迎向你或者索性背对你

都能感觉到积蓄了多日的炽烈情感

带着滴水的绿意，将这心湖染红

远方

以奔跑的姿势迎向你

这是负累的人生永远的向往

是惶惶的旅途上难以企及的清泉

我空空如也的心室悬着一颗奔跑的心

它会以归心似箭的速度告慰我的一生

那些残缺，用泪水洗净

一生应该很短，像在清凉的风里走过几回

在门前的小河里嬉戏过几次

给留有长辫的女孩递过几次小纸条而已

奔跑吧，没有喘息的机会没有停下的理由

像那干涸的河床上拼命挣扎的鱼

不见清泉就将大地摔得心疼

满世界飘飞懊恼的鳞片

远方闪烁着永不熄灭的圣火

让一切抵达灵魂的恩赐变得脆弱

我不止一次在奔向远方的路上低下头颅

昏沉中唤醒我的仍然是奔向远方的阵阵号角

诗

说给虔诚，说给灵魂曼舞的地方

说给积水空明的夜晚，黑与白

从遥远行旅者的辎重里，揪出苦痛

幽州台的发问，胜过我不断增长的白发

泼洒不开的荒凉，那些因风而落泪的日子

会准时而不急不忙地到来，像黑夜到来

我从版图上很小很偏僻的地方走来

带着不温不火的方言土语来了

我忘记风的影子，忘记山水草木的颜色

我拼却一个渐渐老去的肉身

用难以改变的方言喊出行将就木的痛

面对洪荒，一声声喊出

母亲

时光在我的额头雕琢生命的历程，母亲
在我的生命里守候岁月，我每一次
沉重的叹息里，母亲是一杯温热的茶

我昂首向前的步伐，甩了母亲半个世纪
我在人间的快乐，消散了母亲的容颜
连同母亲年轻时无比美好的青春

如今，我在母亲的白发苍颜下守候
多么希望，为母亲守来缺失的半个世纪
我不再匆忙的脚步，只用来守候岁月

端午情思

这个季节的忧郁像那沙枣花静静吐芳

莫名的骚动在我五月的心事里飞

北方的忙碌还在阴晴不定的原野展示

听说南方已是相思雨泛滥成灾

我的眼神一再地打量着沙漠几近渴死的胡杨

它沧桑了时节，淡去了喧闹，让肤浅低头

这像是南国汨罗江那个不屈的屈子的魂

南来北往的朋友哦，这个五月的季节

比四处弥漫的花香还要香的是精魂

无论在北方，无论在南方

只要你脚踏实地在深沉的大地思索一番

那些生命里不可忽视的重就会将你紧紧抓住

这是要在满山遍野的芳香里怀思的季节

楚地带有艾草的季风和北方熟透的沙枣花香

一起袭来，让五月吐出清芬的思想

是要这通透的香馥郁一季的思恋

是要这一茬一茬的思恋激越灵魂的高度

这是一场芳香里忍不住的惦记

昨天的你

一株无言的山花娇羞在我的心头

心底的热情火焰般忽明忽暗

牧童柳笛吹响的小调的迂回婉转里

牵了我的心儿往迢遥里去

溪水低徊时，我是你浅处的暮光

河边的垂柳为我们频频招摇

暮霭沉沉处，你是我眼底绯红的花朵

云彩为我们披上多彩的衣裳

莫名的南山，蜿蜒里藏起你的娇羞

每一个春暖花开的季节

我都会打马经过有你芳香的山头

任岁月如何变迁，昨天的你

终究走不出，我望向你的深情

斑驳的岁月里重温昨天的你

像我不止一次地看过满山的红花

一阵风过，就有关于昨天的你的婉约

格桑花的愿望

一切喧嚣盖过我的忧伤时

高原撑起的伟岸和信仰一起浮沉

天边的流云在积水的渴望里一再褪去

晚霞作证，六月的热望作证

整个高原作证，我在此时绽放

让洁白的夙愿提前弥漫整个高原

要澎湃着的旷野最终旖旎一片火热的希望

给高原明净的眼眸一次彻底的惊喜

我是前世轮回里一切向善的化身

历经炼狱魔焰的考验，重生时

我以八瓣刺穿虚妄暗淡星辉的翅羽

从最初无暇的白到通体鲜艳的红

轻覆上一场肆意的荒凉，任性的苍茫

在眼角眉梢都挂着沧桑粘着忧郁的高原

我挨着个儿扶起柔弱，站在一起面对嘲讽

要你眼底的美，不再单调不再苍白

当谎言在高原的青草上开始蔓延

牧场上成群的羊群和骏马开始低头祈祷

我想我就是这大地心痛了又痛的涅槃

我让一茬一茬深陷泥土的炽烈

一次一次覆盖荒芜的决心和愿望一齐永诀

流火的季节，我是草原一望无际的大海

我用无数纤弱的身姿，汇集眼底浩大的壮美

给这高原带来我半生挣扎的关切和希翼

我的童年

我的木制手枪打退黄昏的尾巴

瘦弱的光脊梁搅闹一整个夏季的苦闷

手里的鸟窝蛋能孵化出一个鸣啼的童话时

我就会在沿山的路上奔跑着回家

那些打碗花和狗尾巴草一起向阳的脸

一起看着我，一起目送我回家

那一定是个缺失温暖的年代

打麦场的半个圈我们用来叠罗汉

用那个老鹰捉小鸡的游戏，让自己热

让我那显得惨淡萧疏的村庄也热起来

这恍惚里的童年，小鸟般叽喳过的童年

好像都是为了祛除那时的一种冷

我推开童年的木栅门就一定推开了历史

我圈养在小盆子里叫不出名的小虫子

一定活动在波澜不惊的某个深夜

它们细碎的谈话泄露了一个时代的秘密

我常常不经意想起的童年

也时常让我在平静和快乐里感觉忧伤

狗尾巴草的夏天

用毛茸茸的心事触碰鸣蝉的季节

这是谎言和背叛并行的荒山

流言在幽暗的山涧奔突

我看到我那妖冶的狗蹄花妹子

在放开喉咙呼唤，在放开肢体招摇

我在一场肆意的热闹面前失声

我频频致意这热闹景象里的每个晨昏

给所有我看到的局促和不安缄默的神情

如果一次温馨的呵护让你一生眷顾

那么我不言的多情和朴素的情愫

会一夜之间覆盖你整片颓唐的心田

让你的世界洒满平凡的爱意

父亲

暗夜，风雪，雷雨，这就是我的父亲

那些凄风苦雨的日子里

父亲在暗夜里奔波也在暗夜里沦陷

在风雪里刻画自己也雕刻岁月

那些一阵阵滚过的雷雨

让一代人战栗着接受命运的仲裁

一切当时的苦难都是我的父亲

一切积苦深重的景象也都是我的父亲

父亲四六分的发型，像古时书生的儒巾

飞扬一个时代的精神

洁净的白衬衫，四个兜的中式装

将儒雅的父亲定名为新中国最可爱的人

那个不顾一切从大山里奔向父亲的女子

是为了一睹父亲讲课时的神采飞扬吗？

后来成了我的母亲的她

总是讲起以前的苦难，暗夜，风雪，父亲

星星的眼睛月亮的脸

直白的心事挂在暗夜，谜一般陶醉

所有审视过的场景，嵌在炫彩中

今夜，可是你静霭中一次深情的凝视？

躲在云彩背后的眸子一定依旧清亮

那些多疑的云翳也只在清俊的脸颊描摹忧郁

不一定非要目光如炬，一脸严肃

偌大的天宇，只要倾泻一地静静的情思

那些暗夜流殇的生命，就会奇迹般

愉悦在静静的夜空，多么自在

气定神闲的遐思才刚刚开始

一路向北，一定要沿着七星相聚的地方

在蝌蚪般窜起的神秘指示里读到尊严

一定要向东望，让背对的狰狞

不致于污了清如莲子的面容

就一齐望向一片祥和，一片宁静

畅想乞巧女儿节（组诗）

一，坐巧

星光斑斓里的心事一起集结

天河的水漫上心头

潜入鹊桥的思念趁着月色随风入夜

清风，明月，小轩窗，今夜无眠

七月的风里依然有着燥热

你托腮颔首的姿态掐灭眼睛深处无数星子

突然，许多心事浮在淡红的窗棂

侧顾时，月色朦胧，星子满天

小轩窗极远处有白玉状的桥

一直在你心底晃悠悠

二，迎巧

半城彤红里有一阙清萧争竞

花仙子的绿衣红箩掩不住今夜的娇羞

南天王城的朱红大门要为此时打开

深锁王宅的盈盈巧心，今日，和盘托出

无数机杼扯出痛的不眠之夜

多少次望向银河意在人间烟火的愁心呵

都随地上的清欢人间的真情去

在弥香而清洁的小道冉冉飘过

随一声声优雅甜美的歌咏移步

说尽人间这骨肉相连的深情

三，祭巧

信仰在神秘的乐曲中保持笃定

踏歌而来的舞步道尽虔诚

迎一脸清芬之夜清辉的灿烂

我所有处子般贞洁的初心抖落如莲子

湖水之上，月晕微漾的你

林间小道，影串多情的你

三炷香火的图腾只为这人间善意的思念

为这巧夺天工的技艺不再失传

为神州大地的彩锦再添璀璨

看我祭拜的身影惊醒暗夜的星辰

四，拜巧

你以深情款款，诉尽人间沧桑

兰花素手一旦沾染尘世的不尽情缘

你一针一线串起的就只有深情

饮风食露的高洁让你在传说里化仙

有情与无情之间只隔银河

大地为你感召十万八千只喜鹊

去往十万八千里为你用彩羽搭桥

穿过秦时的明月，汉时的关卡

你未知的所有来回途程中的几多风险

都将在我们的默祷中化为乌有

五，娱巧

将所有心底的感激诉诸形体

手舞足蹈的喜悦化去说不出的痛

歌谣自一种寥廓中传递真情

体内升起喜悦中莫名的悲

这是难以名状的力量

看我高高举起的双手，上万只举起的手
自每一双细腻的手心的脉络处
穿过一条通向天宇的红线绳
不，是结着信仰打着寄托的通天长桥
火焰般从少女们的心底升起

六，卜巧

不需要五十四根筮草及看不透的龟甲
西河的水自古神秘，单就河边的花
灵性敢参天地，从子时的混沌未开
丑时的灵光乍现，泡在细瓷大碗里的花朵
今夜，给善良的人们一次人生的开悟

通天河的水涌上银河的天桥时
一场旧梦并着新的故事漫上你的心头
秦时的明月和今日的明月没有不同
我们所有诉诸人间的美好和善良
应该就是我们明天的生活

七，送巧

不经意间扯起的都是痛

黄昏也好，夜晚也罢，甚至一场别离

一场送走美好，惦记，祝愿的别离

鹊哥们够义气，带头拔掉漂亮的翅羽

一场柔软又华丽的心事铺满开去……

忍而不发的隐痛嵌在红线绳搭起的思念上

凸起的隐青的诉说在掌中延伸

我要激起多么宽广的思绪

才能在欢庆之夜收敛不断膨胀的激动

好让我平静地送出一个美好的祈愿

雨落情人节

霎时一地，满世界都是积水的情绪

这是七月多情的季节，也是季候多雨的时节

不说银河几多深浅，人间已是相思成灾

二十四桥明月夜不再迢遥缠绵的梦

西湖的盛情至今泛滥，打马去过的楼台

都在烟雨中，此时，我要说一场蒙蒙烟雨

用纤巧，用柔情蜜意抒写心底的景象

一旦溃堤，情绪全无，忍住不发的

一定是最饱满的情绪，七月的意兴阑珊

我只想慢慢诉说，呢喃一般

暗香浮动的黄昏

走过一世不一定获得一个心安的理由

喧嚣的都市，华灯从来都很孤独

唇边的美好，一直没有放下

烦躁的时候，你指着远方说远方

静默时，我知道你就着梅花想着夕阳

你随意指点过人间的美好

我是这美好画卷里永远的向导

.

生活宏大的叙事背后，单道夕阳西下时

那些萧疏的意象，不经意占据心头

这像是一种神秘的启示

为此我愿意在生活中咬紧牙关

当你穿过我的笑魇

忙碌过后的休憩，笑若雨点般大，雨点般脆

没想雨后的黄昏有多美，雨点般的笑就来了

写意的图景是要这笑跃上七彩的虹

我暗忖不及的神态忧郁了神思恍惚的梦

拥着你更像怀抱一座春山，任性的山

这泼墨大写意的江山如此多娇！

抱紧你，再抱紧点，直到万家灯火一起灭

无数星子抛开烦恼弃绝寥廓，一起入梦

不必有恨，那太矫情，只要你护住我的思量

我任性而爽朗的笑就会击穿一片片荒凉

肆意一点，再肆意一点，和渔歌一起归梦

激起红尘情缘里不老的传说，那么真实

彼岸花

顶在额头的梦，开始幻化成风

拳头上跑马，终究巴掌大地

要说美好是向前大踏步走

不如说美好就是隐隐约约地隔岸观花

隐隐约约呵，我挣扎过的人生

望向远处的眼神，只让土拨鼠吃惊

所有位移过的场景，显示一种失血的苍白

当我奔跑的马蹄沿途踏碎隐去的残阳

心湖的水珠就会溅上彼岸的花朵

模糊物我两忘的人生，我便在岸这头望去

与秋风书

给你寄去流风洒然的怡情

让你的凄厉重温三月的温情

给你寄去我尘世流殇的疴

好让你的伤情不只是孤绝的悲号

给你再寄些雪域高原的黑枸杞

让蜕变生命的经历中印记菩提的虔诚

我疏朗的大袖里只装有清风明月

在我一睹你愁苦百结的姿态时

我愿寄去我生命中无法忽视的重

我的眼神穿过你的岁月

望不尽天涯，甚至望不穿积水的流云

看不尽沧桑，看不透眼底这纷扰的世界

我说：来吧！世界就都在我的眼底

我读到的仅是你尘世幻变过的不易

我要读你竹马归仓，小鸟依人，玉阶前的思念

南来北往的风，恍惚过你青葱岁月的梦

我滚烫的眸子温润过你不世的情怀

呵！至今沉吟的还是淡去的一帘幽梦

你一个期盼的回首招摇起我忧伤而多情的眼神

将你无法更替的岁月重读一遍

暮色中远去的人

依稀，胜似依稀，薄光里淡去的念想

这是意念里唯美的图景，现实里裹着刺痛

我向南方积水的城市投去叹息般的眼神

一种清凉透底的问询涌上哀伤的心

当河流不在规范的途程运行

咆哮便在多梦的人间肆意妄为

年轻而英俊的战友，你要怀揣大禹的精神

在大陆架的苍茫里唱起圣洁的歌

一声惊雷便是你冲锋的号角

十亿双眼睛都在注视，十亿颗心跳都在加速

所有能听到的喊声里，只有"挺住"最美

所有关注的焦点，只有你最可爱

已是暮霭沉沉，夕阳的余晖却不再惬意

惊涛骇浪一再抵消你奋力拼搏的豪情

消逝在暮色中的你在城市的苍茫间

写下大写的"人"字

清水心荷

冰洁的心藏在舒缓的水池

一次次濯洗尘俗的痕

柔蔓的心事，争竞着跃动

浓绿的春意，排拒一阵一阵的闹意

只好蹙眉低鬐

用罗衣遮尽一点就破的红颜

低飞的鸟

想要高飞的冲动让黑色的云团压制

超低空的啼鸣掀起天空不同寻常的热闹

可曾听到双翅向蓝天发出的搏击之声？

要迂回一股南来北往的勇气才能继续向前

对于向往之地悬空的渴望随那流云飘

一飞，虫儿失色，二冲，空气凝固

双翅背负蓝天的使命，就一定会

击打乱窜的流云，飞得低却要叫得响

看吧！失血的天空满是翎翅的华丽

接近地气的飞行近距离上演精彩

荒野

夏季的秘密全在闷热中成就故事

我说起的是昨日无望的旧事

至于这个季节忙碌在田间地头的人们

他们在一波一波涌动的绿意前看到荒野

这种景象里自然有它焕发生机的理由

我打量这个世界的眼神从此变得格外自在

是要这死寂的感觉重新看到欢欣的场面

点燃内心的一簇明火，像是天外之火

从原上开始，直到漫漫荒野，一起焚烧

要看到荒芜携着荒凉沿途奔窜

偌大一片荒野从此不再荒凉，不再颓唐

成长的密码不是次第打开，我相信

这荒野是泊在心底并非绝望的湖

那些微漾的光亮，一波一波来

等你爱我

太阳落山之前，我披一身霞光回来

不偏不倚，不迟也不早，站在想要的图景

光景呵，比落日退得还早，闭了我轻启的问候

就站着吧！在桑榆的景象里听风的歌吟

听风一再的低诉里不经意道出的秘密

这余晖斜阳下全是你激起的爱

看那一池微皱的春水还在心底微漾

四面围困而来的远山并非让我感到沉重

我就坚定地等待，等霞光般的爱披在我身上

蒲公英

用竹子一般的虚心听取大地的箴言

每一阵风里都有我急切的问询

候鸟寥廓的啼声唤起蛰伏一季的心思

待到成熟的问候爬满山头

沿着山泉淙鸣的小路，看我神思飞扬

看我逸兴遄飞的心情，感染整片大地的关切

闭上眼睛想，逐上你的梦，就那样想

你眩晕的梦想里我依然如故

依旧为你轻飏丝丝缕缕的温馨和希冀

坠儿宝贝

不必在青埂峰摆渡灵魂

自己的道场已经在时间的祭坛上摆布

我听到无涯的圣者缥缈的回音

越千年，你潇湘的绿竹再次成荫

我闻萧步上你玉砌的台阶，映入眼帘的

是通灵的坠儿还是玉般的宝贝？

我在太虚幻境乞得轮回的下一个千年

只为与你厮守这乏味的人生

雨的镜像

用细密的吻，安慰一季的干涸

让昏沉和绝望在爱意中唤醒

不需要苍白无力的表白

吻过来，就是缘定三生的誓言

有时突兀急促的不谙世事

千万不要嗔怪一时无意的真情流露

那是我储积太多相思的泪

不小心在崩涌而出时，来不及抑止的情愫

当你的孤独裸露在流火的时节

寂寞如旷野静曝无语的沙砾

我悠扬四起的小曲儿就会翻山越岭

为你驱散一整个相思的况味

夜来香

流风飒爽的夜氤氲悄然的梦
静芬的念想摇曳生姿
群芳竞发的小园静默成趣

翩然而舞，一袂唤醒红尘往事
再一袂，天涯却恨相思早

袅娜的身姿如何担待四起的风
幽香凝结的意蕴无法排遣深锁的暗愁
那暗香带着心愿夜夜发

底色

我一低头的意趣里风雷滚滚

岁月凝香的浸渍晕染过往

不大的江湖人喧马嘶

说尽的人生道完的生活都还在路上

仓促回顾这不尽的底色

一阵风尘再次迷茫我的眼帘

我意欲停下这无谓的念头

继续让喧嚣拥着我不知深浅地向前

一瞥，却看到儿时格外单纯的我

在发黄的相片上笑得正欢

回家

更多的时候，回家只是一种想法
就像此刻，端坐在年味不足的年里
像置身于儿时记忆中颇有年味的热闹中

几杯小酒里我已然看到老家升起的炊烟
耳膜里鼓动着悠扬的大秦之声，只一两声
便生无数遐想，牵挂人心的莫不是乡音！

任由思绪飞扬，点滴里打捞乡关的问候
刮碎几多风霜却搅不碎乡关丝丝缕缕情
一声雁鸣几声鸟啼，回家的打算便浮在心头

雏鸡的问询

我不会在你的上空婉转鸣啼

不会为你玲珑的心唧唧泄露天机

只会用我的稚嫩一次次叩问大地，叩问苍茫

我不想在你的衰微旁捡拾幸福

不想在一片茫然中继续茫然，视而不见

我要用附着大地的底气，叩开秋天的秘密

雏鸭的心事

我满蓄着一江春水的柔情

用木讷的姿势接近你的脉脉含情

藏在青草间鹅黄的心事，捅破春天的多情

唤醒沉默的，是比春潮更为澎湃的江湖

那是我用笨拙为你划开的一片情海

不大不小，够你我徜徉

遇上

梦中的城市在哭泣，一种渲染的黑

我踉跄的脚步陷在犹豫里，恐慌袭来

两只恋爱中雪白的绵羊径直走来

没过道牙的雨水开始漫上它们突兀的腿脚

无法得知它们什么时候来到这座城市

我看见它们在拼命甩去身上的雨水，污泥

不再蓬松的棉白身子，抖动，哆嗦

那晚的城市，看见这样的白在眼底飘过

空山新雨

要这一切该有的和不该有的全部静默

像个突发失语症的孩子突然禁言

思念便会冷静地将你拽住

此时，唯一能听到的是一种内心的宣泄

是柔软之上的绵柔，坚硬上面的铿锵

压抑的空气里悬着一颗空落落的心

任思念的泪水激越每一寸心底的美好

唤起清俊却也落魄的年少轻狂的梦

你离去时背风的山口涛声一片

望向你的眼神如一丝迷离的雾气

蒙着我甜蜜的心也罩着我忧伤的影

是碧绿的青草上滚落的忧郁

是袅娜的山花为寂寥撑破的脸

还有什么比痛哭更能疏解思念的苦

一切眼底的景象都为此挂满泪珠

包括我身旁羞答答的一株玫瑰

仲春下午的一声问候

好友在广州发短诗以示问候，我突然觉得我已忽
视了十多年光阴！

——题记

这个季节的风瘦到眼前不见丰盛

就索性闭上眼让心中响起阵阵马蹄

我揉碎在黄昏里的江湖兀自波光粼粼

刹那间，更替一场人在江湖的身不由己

阻隔过江湖的话语还没有忘记

骆驼草和芨芨草都没有长出

一定要有神圣的意愿我才会西行

而你是几近渴死的火凤凰一路向南

被我们踏在脚下的江湖荒草连天

我们是狗尾巴花里钻出来的草莽英雄

五羊的天空并非香草的天空

我们将它全部掛在琉璃的酒杯

西部雪域的圣洁也如那月牙泉的泉水

它时而干涸，亦如老年妇女的奶子

给你说起这些时，我手上的烟蒂

已经在不大的烟灰缸里堆成小山

祁连山水草丰美的牧场是一个传说

五羊至尊的头顶可有蓝天一碧

这个仲春的下午，我用来消闲的茶杯

被我粗糙的手掌磨得发亮

一个人的旅途

看见和看不见的都在向我涌来

听见和听不见的都在远方

我慢溯青草的长篙永远不知深浅

我的旅途上有你质疑的问询

我只能是低头行进的过客

我轻挥岁月的镰刀收获一季关切

一个人的旅途，思念就是动力

在布满渴望的平原，高山，河流上

我备好行囊的重，故乡的关切

我会在一茬一茬割倒的麦秸前

让思念顺着黝黑的脸颊滴落

那些黏黏的感觉是故乡的一声问候

那个等我的女人，脸如桃花

身子瘦成我回望故乡时的一个眼神

樱桃正好落下

心似击打暮色的苍穹，像要迎娶新娘

当黄昏时的阵雨清洗向晚的街道

我正好打着伞从你的窗前走过

是燕子低飞着啄破怨天愁颜的时节

将梦摇落在青草渴望里的季候

我正好携了琴来到你的山头

是一场春梦了无痕的意兴阑珊

在山水一瞥皆含情的意蕴里

就像愁，却上你的心头

真是一个不小心呀，不小心

撞破春天樱桃般的秘密

我正好站在你的面前

词语里有清晰的风向

我空乏的躯壳顶着流星雨孑然而行
崎岖的夜路，撕开黑暗的口，光明昼伏夜出
躬身面对的大地呵，依然静得出奇

能够用脊梁承受疼痛，我就一定不会喊痛
我用心走过的山路趟过的小河，你正在尝试
我们一起，能否翻过黑夜让光明静静倾泻

我们在黑夜的幕布上凿上流金的誓言
良心在山涧的溪水中一再跳跃，对于传说
不再眷顾，我们将心紧贴在深沉的大地

一定有风，在我静如秋蝉的身旁轻轻掠过
带着刀耕火种鲜明的印记，一起到来，听
这风，一直吹向暮色苍茫的大地

油画里的朝鲁

一幅油画里彷徨无助的落水狗，在我打量它的时候，它注视了我很长时间，有人说它叫朝鲁。是的，应该是个坚强的小伙子！

——题记

这不是击水三千的豪迈

不是雨水中给你一个忘情却浪漫的身影

更不是给淡漠世界一副凄惨的无助相

但我分明感到难言的委屈，无言的重

随铅灰色的墙壁，慌乱的雨水，一起到来

我掂量着我腿脚的力量，肌肉的弹性，试着

站得更稳更坚强些，试着撑开你眼里的狼狈

这是唯美意趣里的一场笑话

顺着我额头落下的应该不是汗水也不是雨水

是给深爱着的大地带来的咸咸的温情

我还算清澈的眼神用力注视熟悉的陌生

积深的岁月在我的面前只留有逼仄的甬道

我尝试用一次使劲的抖动，抖落沉疴

那如雨的汗水和着泪水模糊了我的视线

这麦草堆就是我们的家

有些突然的意趣会突然地想起

在突然一低头或一个转身时

就像此刻我脑海里的那堆麦草

它带着泥土的气息和童年的快乐

盘踞在我此刻模糊又清晰的记忆中

这短暂的记忆飘摇起梦一样的绵邈

它神秘却又倔强的存在

骨子里带有感召万物的神示

静默里为我遮去属于童年的恐惧

它淳朴得令人难以描述

它以各种堆起的厚重的姿态

一次次掀起我脑海里童年的印象

那是恐惧多于梦的岁月

我们盛着恐惧去麦草堆上数星星

数大人们离开的脚步何时归来

门外的野狗移开它吐着舌头的样子

在金黄色的麦草缝隙间注视过远方

那时会想，这麦草堆就是我们的家

清明

清明这天和平素没多大区别

那场淅淅沥沥的杏花雨没有落下

香火里的思念也只在心中继续发酵

我在十字路口要拐弯时

看到有一圈人围着一个脸如土色的人

他微蹲着的面前有一方铜质的盆子

那是用黏土做旧的雕花铜盆

和他脸上的肤色基本一致

晨曦的光透过人缝能看到它闪着贼光

他微蹲着的姿态和面前闪光的铜盆

让我更多地想到坟前祭祖的样子

说走就走的旅行

上路吧！前方的寒星尚未褪去

我的酒杯里空把寒星摇碎

在不曾熟悉的去处

让僵尸般的身躯伸展，伸展

在那高岗那山涧那飘起白云的大草原

抖落我一身的风尘和几缕白发

瘦影惊鸿般掠过，一声清啸逸去那清愁

将随身携带的三尺素绫

依次摆放在脚下最好的土地上

好在归来时看一路青草般的希望

一一打着鲜活的烙印铺排开去

说走就走，没有比这更惬意的事了

在我的酒杯摇碎那寒星时

我在出行的路上

镜子

惯常的日子，离不开你

殷商石头的光洁里，显示斑斓

如今夜的星光灿烂

在大秦的铁蹄铮鸣里

你已经更为细致地将美与丑

铭刻在如今锈迹斑斑的

冷冷的你的骨髓

我倾其一生爱你，我知道

这不够！我会在你无比的高洁和

明晰前，步步溃败

你冷冷的关照，是我万马奔腾的心底

一汪清凉清凉的清泉

这云起云落的日子里，为了

心底不断明亮起来，安心下来

我只好将你一遍遍抚拭

在你冰肌玉骨的胴体面前

放松合紧的牙关

散去叱咤乱舞的毛发

给你一个发自内心的

安然的笑

如今我花白的头发

如今我花白的头发

比霜压着的柏油马路

还要实在，冷冷地泛着

灰青色，冻在发白的心间

比瑟缩在风中的白杨

更早地感受到风，更早地

熟悉什么是摧枯拉朽

比茫然的灰麻雀还要茫然

尽管有着基本相同的颜色

如今灰蒙蒙一片

是我眼底全部的故事

葵花般的笑容，是昨天的戏剧

现在是北方霜降的时节

我常常看到

老树在月下画着斑驳的影子

仿佛这不是我想要的季节

一定是另一个人

轻移了我曾经年轻的脚步

让我头顶花白

错失在灰蒙蒙的

世界

宁静的叶子

那个夏季，那个让青蛙

从早到晚鼓噪着的夏季去了

那份喧闹，那份让蜜蜂

无休无止地嗡嗡着的喧闹消了

梦中的伊人，踩着如水的歌谣

在青花瓷的基调里依旧优雅

皱眉的我，是要等到望向一片

宁静的叶子时，才会舒展

春天有约

不必登高而望

眼前的春燕衔起软泥

在起伏不定的心底，筑起融融的巢穴

一条随意上扬的手臂

成了我远眺时固定的动作

是的，我搁在额角的手背，不曾放下

我黝黑而瘦削的脸颊

循着季风望向很远很远的眼眸

一起欢快而沉着

总有些意想不到的惊喜

随我投向四方的眼神

和茁壮的青草一起到来，生意盎然

面向东南的方向，看巽风缓缓吹过

让田野无数鲜活的生命一起跳跃

突然感动，谁都不曾辜负谁的期许

一场盛大的约定准时到来

此刻，我内心所能承载的全部重量

让记忆中那场严寒纷纷解冻

写在水上的诗

给我一束光芒可好

在任何角度都可感知温暖

在那浮萍还未来得及覆盖河塘

提前到来，看一场鱼翔浅底的唯美

光明面前止住踟蹰的脚步

听流水如何在光影中哗哗流过

像一部废弃多年的留声机

在晴好的午后为你轻轻打开

水光潋滟的图景里

我们依次打捞岁月的余韵

像个久未回家的孩子

在路边反复诵起游子吟

在你拉长的呜咽里

唤起胡笳十八拍的韵律

铮鸣的弦音，为你铺排开

现世关于你的所有挣扎

恰似迂回曲折里激起那不绝的波涛

一次次撞击生命的岸石

不知名的小鸟啼开如镜面的你的湖心

整个秋天为你收藏这一季的秘密

邂逅

如果，人生注定是一场流浪

是一场盛大而虚无的旅行

一场无法逃逸的邂逅

那么，请为我虚设沿途的风景

让旅行在闲适中来些焦躁的顾盼

让每一次相逢都轻松愉快

徒有白发三千，难敌故园更声残

我所有行走的疲惫和不安

只为再见时，一个会心的笑脸

从此载酒江湖，落魄也有别样的意趣

一些坚守，手握寒冰般消融

江湖，不单有易水寒，更有马嘶鸣

因此简装因此裹紧衣服

将发热的耳际捂了又捂

就这样走向下一次必须的相逢

想起树叶

所有的昭示在太阳下显现

夜晚不会来得太早

夜之精灵无法敛去那张扬的宣示

剑拔弩张地击穿这一刻的空洞

生命轮回里一次小小的挣脱

残留别离时记忆犹新的痛

将昨日昂扬的生命，舒展的希望

妥帖地裹挟在羸弱的身躯

紧贴在黑色的大地上或者静伏在

北地的关山口抑或洪波激流中

现实的关于幸福的守候

已然是一圈圈过往

望向世人望向缥缈望向初衷

轻轻地滑落，悄无声息

不能呼吸的痛

那些大山里打水的日子

跟在牛马后面一起找水的日子

在经年后的今日凝结成诗

几十年的乡村写照就是那韵

小心翼翼走过的小路恰是节奏

枯井面前屏住的是那不能呼吸的痛

思念

岁月

划过忧伤的心事

一种惦记铺满斑驳的心底

浅秋的一枚落叶

惊醒南山

结庐而居

在深山更深处

听泉水叮咚山石

看鸟雀嬉戏枝丫

偶尔

有蝴蝶飞舞

但是

在多彩的山野

很快便消了它的明艳

让忧伤作茧

缚我一生的思念

踩碎清冷的弯月

走不出思念的心房

就把思念

挂在弯弯的月牙上

捎去我淡淡的忧伤

可是

这一声弯月般的问候

还是惊醒了梦中的南山

告别香烟的诱惑

亲，我想是时候了，无数难耐的夜，不

还包括那些美好的清晨和黄昏

太多美好，太多迷恋，太多陶醉

你是我流年红尘里一曲不离不弃的歌

终日唱响在我沮丧失意和颓唐无助的时候

你娇媚玲珑的身躯，随日月星辰，像是

魅惑无比的青蛇静伏在我起伏不定的心间

只等我暗涌无数的激情和冲动，你就会掐断

岁月两头的渺渺和茫茫，与我当下欢愉

不说佳期如许，你有一刻不离的恒心

看破爱情还不够，你胜似看破整片红尘

与你耳鬓厮磨的过程，是我青春无悔的咏叹

你拼却一生氤氲一个爱欲满满的氛围

我在一场接一场的烟岚前，在颓唐的余生

看到这个世界的真相，如果万象皆虚

我便会在清心寡欲中获得身心的自由

在真相来临前，挣脱一场爱恋

亲，我只好与你有一场永别

思念在青色的基调上

写在二妈逝世三周年之际，她的墓碑上只有两个字"真诚"。

——题记

一抹黛青的颜色，在一低头的怀思

在清风四起的小院，漫上心头的念想

让明净的黄昏也挣扎着向远处望

鸽子放飞的翅羽上忧郁满怀

这纷纷远去的不只是附拾之间的事

暗青的眼底，是时间煮雨的淡愁

我的心事一定挂满亲人的泪珠

一声沉重的叹息，就会抖落

这珠泪纷纷里青色的忧伤

带着浅青的笑，您涉江而来

让西北高原上的一姓人脉

有了烟火里敦厚却婉约的性格

如今，这人间缕缕青烟，哪一缕

是您捎来的关切？我手把额头

向故乡频频瞭望的姿态

暴露那淡青的思念，将我整个包围

像我看到您穆青的碑文时，已经

不大记得，泪是什么时候滴落

手掌上的泥土

那种大地丰满而成熟的清芬

那种土黄间杂黝黑的沃土

在祖辈那一把荒凉了岁月的手中沉睡

在我握住岁月依旧倍感蹉跎的手中温热

我是一季一季吹往高原吹往苍茫的风

是一阵一阵漫上大地的疼

我带上大地唯一的礼物，哪怕攥你的手发麻

让我痛彻心扉的心声和百感交集的心情

一起靠向你的万年忠诚和亿年深情

终有一颗清泪会在不经意间滴落

在茫茫宇宙和无数不可知中

与你一起拌成沧桑尘世永不相弃的坚守

归

当所有的喧闹过后

预言还未能及时兑现

所有尚待争辩的事未果

朋友！我需要一次像样的假设

需要一次认真思考后的重新开始

鲜花的尊贵不在于一次花开

汹涌澎湃的潮水满储潮湿的宁静

一切坚持的背后是遵循自然的法则

朋友！在物欲横流的当下，我需要一次

灵魂的放飞，就像儿时我悄悄归来一样

初夏的时光

背对阳光的意义不大，我们

在去年的一场寒冷面前应该知道谜底

初夏的脚步很轻，生怕扰了这个时候人们

还很慵懒的春梦，这是一场智性的对接

我们抛弃昨日的不堪，迎接今日的幸福

一切看上去多么完美

我在每个晨昏守住时光的脚步

只为每一天都有重生和重新的我

多么任性

这时序偷换过我的意愿，它坚定不移地走来

在这岁月里的温暖而毫不客气地来

它在每一次静悄悄和无所谓中，给我意想不到

我的顺从和反抗都是徒劳，它一旦照临我身

我便以无法控制的热情去虔诚地迎接

有些顺应时序的休闲，像我无端钓起的鱼

它无助地张口，喊不出真理，却令我害怕

所谓休闲的一天，往往是时光里无谓的虚度

我在温热的清茶前端坐如佛

守不到天黑，就守来未来传说中的黎明

我要看到急行的蚂蚁，找到归程

虽然，我知道这是一个清晰的梦

灵魂对白

当我为了明天低下沉重的头颅

对于生活的思量将我变为僵硬的化石

心底就会出现比铅字更重的声音

一声声击穿埋在心底的荒芜

它凭空而来破空而去，我索性

就用一个转身苍凉我的世界

用一次回首将那繁花看尽

带走和带不走的都在心底挣扎

一切恍若隔世的爱恋浮在喧嚣的城市

所有的美好都像传奇

嘴角上扬的姿势如同带着湿气的月牙儿

哭泣或者欢笑都是身不由己

好吧，我遵照内心的声音

我想，它一定是携了生活的真带了生活的趣

像一只蝴蝶给我的碌碌无为涂上华彩

让生活中的哭或者笑变得面目全非

触不可及

我是任性的孩子

在莽莽撞撞的人生路上

不小心打翻了五味瓶子

杂陈的各种颜色各种味道

将属于我的任性围困

我涂着厚厚的不同的颜色

带着各种不同的气味

在人来人往的城市

一度找寻属于我的任性

一切都触不可及

远去的火车

是心灵深处驶去的一个黑色精灵吧

魅惑的身姿结了伊人悬着的梦

悠远里划过儿时悸动的心思

在肃穆到天空结雨的站台

举起的小手不再放下

在你风驰电掣的魅影前打一个幽怨的结

飘零过三十年隐隐约约的不快

如今你的容颜共天一色

望着你远去的身影

仿佛注入更多希望更多期待

用月光清洗忧伤

清晨的鸟鸣不能给我愉悦

田野的鲜花唤不起灿烂的笑容

信步走过的那些小径

铺满了忧郁的底色

如水的叹惋在心底响起

这小令般的行板

结着涟漪带着低沉的问候

没过这喧闹的世界

我无意留恋过的地方

有心造访过的亲朋

静如初秋的微露

伊人的脚步

时时在记忆的青石板上响起

清越里洞穿我全部的心事

需要在如许的月夜

用月光清洗忧伤

薰衣草

婉约不足以证明这默念晨昏的情
普罗旺斯的深情和浪漫也不足以表述
在高原明净的天空下有着仪态万千的形象
伊人云烟般的身影都作深情解

风将传奇吹得多远我的思念就能追多远
翩若仙子般为高山播撒一路滚烫的誓言
缄默的情怀只为吐露素馨的相思

当高天上的流云开始上演一场阴谋
我积郁已久的相思就会化为流香的泪

秋来之后

更缠绵的雨在宣泄忧郁的情愫

我说，秋来之后又会怎样！

七月的想法还未降温，湍急的雨水还未消停

沿着格桑花绚烂的高原，寥廓而干净的高原

我慨而歌的声音也还未落下

南巡的眼眸触不到想要的地平线

我看到祁连山的白雪在明净的天空下沉默

秋来之后又会怎样？暑期过后便是秋水涨潮

像愁绪，一寸一寸漫上这多思的心！

天凉的理由和适意全然不顾

我急着赶往下一个季候的心思让大地猜透

是的，我不要人间这么多雨水

不要让这般的忧伤使我的兄弟姐妹们忧郁

因此，秋来之后又会怎样……

时光的行板

划过树叶的光线，将子午刻在小鸟的身上

每一声啼鸣，不同的姿态，时光的声响就来了

它是押了丰富的人生的韵脚轻移而来

不曾惊醒什么，包括我那些慵懒而香甜的梦

这悠扬而有致的一曲无意的行板

在我不曾留意时从眼前如小鸟般掠过

总在音乐的一个休止符前徒叹岁月匆匆

望向远处，远处有着迷蒙的幻音

环顾身边时，那悠扬依旧的时光的行板

正悄悄地从一只眼前的小鸟身上滑去

此去天涯

西施在一张鱼目琴上弹破的红尘

我在后人的评说里望断过天涯

一定不是为以后或者未来的思量和准备

只一个转身，便隐身在云山雾罩处

天涯，从此即是望不尽的传说

我深浅不一的脚印，沾染云水的柔情

即便回首，也叫人柔肠百结

张果老在毛驴上计算过红尘

我用双腿掂量过天涯的步数

你忧郁的眼睛不着边际最终望眼欲穿

红尘是鸟儿无意抖落的羽毛

天涯在羽毛落地的地方生根发芽

我在故事的边缘抽身而走

来不及为你再叙行走的那些风花雪夜

陷

我分明感到大地急促的抖动

我分明看到四面纷纭而止的紧迫

拽住昨天的衣角，留一面虚设的旗帜

我说，我的昨天已是流离的云彩

一切属于青春的美好都被云彩里的苍狗叼走

我的额头顶着一面辨识自我的旗帜

我常常莫名地感觉这旗帜里的我逐渐模糊

我逢人便笑，遇事就躲，哭都不属于我

我有点发虚的身子时常有一种感觉

我在不由自主地下坠

你是我钓上岸的一尾小鱼儿

不曾泛湖舟上也不曾击棹而歌

当流年的风轻掀你胸前的红丝带

你静如处子的心微漾清波无数

我是岸上踟蹰又闲弄风月的浪子

那些细碎的光阴从指缝间溜走

我五指开张，盛不住尘世的多情

握紧拳头挣不够无底的光阴

我拢起手来用尘世的微温搭上你的微凉

你暗涌一生的情愫全部化作一线留白

那些有关光阴的故事好像重新回来

就停在我的岸上，月白风清

人间垂钓

从洪荒走来，四象褪去最初的本真

尘俗是清明上河图般的华丽

一曲陌上的陨黯然过客的骚动

我在原上垂钓，整个金秋都是我的鱼儿

甩一根挂满秋色的长竿

让泡在七月的心事和鱼儿一起上钩

江湖腾起青绿的炊烟，我的手掌满是天下

钓鱼台的一晌默念开悟一生极致的晨昏

太极图的一半，正好是我抛竿的弧度

这一竿抵达洪荒的无极，合上我尘世的俗念

不必极目远眺，有一些泡在昨日的水中的意象

在我一个低头或者回顾时映现在鱼竿的下面

这一竿，要钓尽江湖所有关于挣扎的传说

这四仪的经纬兜起空空如也的我

我举目四望的眸子比那银河的水还要清亮

寒星是时光的报信者，千年的等待

爱情被一个叫作现实的词汇击得粉身碎骨

所有为此膜拜的圣徒握着带钩的钓具

终其一生我们抛竿的弧线不断加长

钓起镜中花的世界也钓起各自适宜的爱情

一尾鱼即将上钩时的想法

一

坏到不能坏的想法　比真实都要可怕三分

青草　光滑的石头　那上面美妙的梦

打着浪花陪我嬉戏的美妙漩涡

都将远去　带刺的脊梁　刺不穿这种荒谬

拍打过的流沙的岸　重新汲取了丰富的泡沫

涂抹成越来越紧的包围圈　我的暗夜比白天长

潮汐已经不按季节到来　随我的生理周期

呜咽　汹涌　都不过分　摧枯拉朽　才叫过瘾

将人类难以辨识的黏液洒在潮头

一个惊涛　现无数圣洁的白　一个骇浪

引无数沙鸥乱啼　招湖底沉潜的生命

誓与这弥天大网　来个鱼死网破

二

翔底的心思得不到片刻宁静

头顶的荷叶成为一种神话与传说

圣贤们在我身上刻下的箴言　是一场谎言

人间所有的乐都别说与我有关

快乐与生存之间　快乐是荒诞不经的笑

生存便是我来回穿梭的一次次真实表演

据说有位西方大师将我画在了天空

那是所有荒诞的表演里比较真实的一幕

与东方初晓的鱼肚白一起高谈阔论

一起伪装成天际的一线　看世界美好

三

从亚马孙河到幼发拉底河　那些静静的大河

都是我脑海一剂清凉的回忆

东方的暖河里我产下一枚枚晶莹闪亮的卵

我让每一条河道都有着亲善的笑

都有着非同寻常的问候　像晨曦吻上大地

用坚强的嘴唇不断地拱起冥顽的卵石

让流经山林 无人的荒野的河 不再寂寞

一次穿梭 一个摆尾 都是清歌一曲

当一张大网或者一枚阴险狡诈的钓钩

神秘地宣示在我的上空

我用尽一生的力量 激起白色的浪涛

睡在向日葵上

睡下就不想起来 梦一定没有做够

躲在黑暗处的小虫子啃咬了一个晚上的光阴

白天的花蝴蝶在太阳底下尽情卖弄风骚

我忍住一个欲出的喷嚏 忍住向阳的笑

流火在地球般的周长上不断喷涌

风鼓动着阳光般的梦想 我和太阳一起发芽

盛装着太阳一般的希望 对着大地不断叩首

热情忍不住洋溢出粉状般迷人的画卷

上面有只狗头蜂扇动着背叛的翅膀

聆听秋的脚步

不只是一叶飘落惊醒一个夏季的慵懒

神情亢奋的鸟将啼鸣往深山里送

往缥缈的蓝天上送去声声脆

注视在曼陀罗上的眸子浅敷一层清凉的雾

只是一个轻微的回首，汹开浓重的问候

那些沁人心脾的记忆，那些云遮雾绕的画卷

一起聚拢，一起到来，一起流风飒爽

将隔雾观花的心事依次轻绽

有些丰饶的喜悦渐渐弥漫观花不语的人

以凌波微步的姿态款款走来

宝箴塞随想

西南多塞，坐落于武胜县海拔 303 米山脊上的宝
箴塞尤为著名。

——题记

1

我用一次畅想用深情的一瞥

念你在云雾里，思你在飘飞的思绪

在海拔 303 米的高度面前作你温柔的倾慕者

亲近你一定不能扰了你百年的清梦

我会选择在你一抹黛青束身的半山腰停下

将我起伏不定的心跳隐在你依旧葳蕤的山脚

让我以你固有的淡定以你的情怀打量你

在你暗涌的情绪和起伏的波峰上渐次陶醉

我不能喊出我的惊喜和愉悦，这悸动的心

我将屏住呼吸的激动化为对你缄默的虔诚

2

你在武胜县的灵烟雾岚中

你沉如处子的静默，让生命疼，叫生命怜

你是这一地舞跃不息的龙，是灵之所在

是让整个生命跟着坚强跟着不屈的那种

你的体内有过奔腾的风云，有过青锋的利

走近，必须走近你才能感觉到那不息的涛声

自脚下生起，从你环环相扣的天井溢出

自耳畔掠过，从你怒目圆睁的炮台涌出

自心头跑过，从你沧桑斑驳的肌肤上奔流

从眼前划过，在你每个晨昏的吐纳意象里凝结

3

我以一次轻微的走近揭开你神秘的面纱

你尘封的往事，你这肃穆的静影

一任流年肆意妄为，你是这一山的沉默

我用现代且温润的手搭上你不平的脉络

洞穿你的峥嵘岁月也激穿我现代文明的疴

此时，我分明听见阵阵马蹄急雨般奔越

在满目疮痍的大地，喊声雷响，嘶吼不断

一场朝代的更替，要你承载多少生命的重？

腐朽和先进你都要包容，这是你的品性

卑贱和高贵你都要接纳，这是你的命运

4

我一再想要说起的和想要解释的

都来自于你本来复杂的身世

像我在一场清露前说起的黄昏

那黄昏里梦一样走过的人，一两声耳语

所谓繁花和昔日的热闹景象更像一部戏曲

就在昨夜的你的戏台上演，不，还有

你长有喉结的两位宠人，是百年前的名伶

一两声清越的嗓音婉转清末的烟云

粉饰一场又一场民间山民的梦，今日

在你油漆褪落的大戏台上依旧晃悠

5

距你百米之遥已经感受到你的不凡

我将沿途的风景和心事全部放下

将裹在雾岚里的雀跃一并放下

我要用一路凯而歌的旅途再结一个梦

我用如五行的手仔细绘制一次你神秘的风水

在你的沉默我的惊喜里感悟洪荒八方的奇迹

这流香的山野小路旖旎而上

我未踏木屐的脚能粘上多少关于你的轶闻

我该备好多少行者的背包

才能在一次只身走近你时有满满的收获

6

我们不说流年里峥嵘的岁月

不说岁月里无法把握的那些命运

在我的思绪里，你干脆是位美女

你一任难以自禁的春愁暗自倾泻

一任不能描述的意态沉潜如昨夜的歌声

你袒胸露乳于古时的风花今日的雪月

说什么舞榭歌台，说什么雨打风吹去……

你如虹似岚的双袖绾起古今的悲叹

潇潇暮雨怕是你从古至今的盈盈粉泪

让晓风残月中的儿郎一再沉吟

7

听说积水的云朵几十年来

在你的上空氤氲

你将自己隐在靛蓝的裙衫里

与草为伴，与树同身，与自然共舞

狰狞和恐怖在你面前止步

黑暗只在你的身边露出觊觎的鬼眼

你的痛苦源自于你本身！

你庇护和养育的儿女，见证你的高洁

你高于自身高于现实的爱

在这大山深处盖过如水的苍茫

8

我在喧嚣的尘外抵达你无边的寂寥

你欲诉还休的情怀洞穿我的苦恼

一场比苍茫还要苍茫的意象

比心事更为凝重的对白亘在面前

我要这一重山一重愁散落在你的脚下

我要这一程水一程情弥漫在你的四周

为你涵韵一个不为一般人知道

却要整个世界知道的情愫

在熙熙攘攘的朋友慕名而来时

一定在某个清晨轻绽你久违的笑

印象长兴

江南浅青的记忆里，你最为忧郁

一任太湖的水在你旁边撒欢

一任天目山的绿意在你头顶招摇

不计浮躁几许你总是含情脉脉

贡茶院的茶香弥漫开你尘封几许的岁月

躬身，静敛，慢捻一段静好的尘香

此时临窗，临了江南幽深的故事

不必啸傲江天，金钉子的厚重让人垂首

说一场人间的美好，一场大美的感慨

就一定有与之相应的昭示和感应

漫溯仙山湖的适意里，你可曾听闻

地藏王菩萨挣脱原身骨节的嘎巴乱响

这是一场敢向明天问幸福的挣扎

让小如青果般的江南，没有涩滞只有翠青

长兴，此时我将你攥在我发烫的手心

我相信，在扬子鳄静伏的江湖

我早已感受到人类应该追求的胜境

像我手中一枚温润的青果

摘个月亮给你（组诗）

这个大胆的想法让身边的情景躁动起来

有一种陌生的温暖慢慢聚拢

这与我想到的月亮有相似之处

它总是从惨淡的白里面析出淡晕的复杂

像我在白纸上不停画下想要的生活

和煦的阳光静静地照在流蜜的向日葵上

我亲爱的女人在精心打理古典风格的园子

毛皮发亮的黑狗摇动着尾巴注视一切

好了，故事刚刚开始便要结束

寥廓之外的图景比我所能想到的还要辽阔

月亮之上没有我想要追寻的生活

它囿于一场幻想之后依旧显露简单的光晕

我耽于一场大胆的想法却久久不能停止

我决定摘下这并无多大用处的月亮

献给唱着寂寥之歌的亲爱的女人

你在天幕上露出笑靥

藏起你的多愁善感包括你风情万种的忧伤

你投向人间的眼神亘古不变

波谲云诡的生活让你变得淡定而从容

多角度的视野里全是我们想象得到的苦恼

地球的一个角，一个通向你的神秘的好望角

我窥测过你前生今世的斑驳陆离

你熔岩滴痕的心思，大大小小刻画美的苍凉

终于忍住，让一个大大的句号收束这一切

让流年光阴里的故事趋向于一个圆点的完美

那笑，在云烟散尽树影婆娑处带着淡晕来

这一笑，祛除千里之外那寂寞的思

有时总会关闭一些心事

从三万里或者更远处跑来苍狗

从十万八千里或者更高处开始隐身

绝不与无聊的吠声纠缠不清

世间的传说多少都带有一定的悲悯

仙乐飘飘的清宇，掩面就是一种尘世的隔离

我看到人们以各种方式祭祀

牛羊在熟悉的草棚发出神秘的叫声

暗通银河的长江不断发出令人兴奋的讯息

苦难中奔涌而来的黄河用泥巴重塑自身

就此关闭一泻千里的想法

终期一醉的心思让吴刚捧出桂花酒

醉酒之前一定要先说出此番酩酊之意

——盗取灵药实非我所愿

此事古难全

背负千载美名就将承担相应的辛酸

日光携带着祈祷催发黑夜的光明

我是暗黑面前唯一的亮光

固定的轨迹上洒满耀眼的光芒

只为挣得日光消融后持续的温暖

这是轮回里无法更替的法则

也是我写在三生石上不变的箴言

光明不在时我带血的泪汇聚涨潮的银河

要人们在惨白的银河面前说起一些相思时

看到殷殷鲜红的告白划过那淡漠

你的忧伤结着我的哀怨

我看到你反复变化的心事

从阡陌，山冈，树林，轮回着你的法则

亮汪汪的故事一桩一桩来

你挂着哀怨跳过山涧时神情依旧安详

梦里念起的故乡模样却起了好几层雾

你有归隐的心结，藏在一场接一场的云烟

你忍不住望向人间多情的眼眸

终将暴露难以隐去的心事

全部写在你照亮的每一处荒凉上

比你自身结疤的心还要荒凉

我仰望你的心情从初一直到十六

每一丝亮光里浸着不易察觉的忧伤

思念甚于孤独

哔剥之痛响于心底，喧嚣于心之苍茫处

在八月，缘于心的一切想法都可以一饮而尽

孤独是一面仰立着的墙壁，可以穿墙而过

更执着于与孤立的事物对饮三杯

踏响竹林的青苑终不见翻白的青眼

三尺几案前拎不动一厢情愿的思

过往的不是痛苦的粉末就是珍贵的遗珠

有些对于过往的念想在月晕的夜晚纷至沓来

一切眼底的具象都有了情绪的变化

看那树影，流水，泛着浓浓的想

这不快有如沉沉的夜让梦惊悸

思你前世今生的忧伤不如呵护看到的柔弱

一尊尊仰望的身影都披着现实钙化的衣

酒香弥漫的胜境盛着我们的泪水

山川有伴装的热闹我有清寂的幽怨

哦，这痛并快乐的人世欢宴

哦，这喜忧参半的清萧一曲

轻移而过你飘逸的欢乐和不为人知的忧患

大地有万千多姿的身影隐显神秘

我们有太多星子般的苦恼无处宣泄

今夜我们睡去不必做梦

即使在梦中也一定会感到心悸

苦度自身

度人度众生都是虚妄的延伸

我只度自身，三百六十五个昼夜

用于安心的木鱼结着现实的花

敲一下江湖安静，再敲一下

我的女人会踮起脚尖聆听

从我的山头往须弥山的路有多长

盘亮的菩提子就起多少层包浆

护持真身的六字真言已经忘记

一路念起的并非佛祖的箴言

我念诵一脚深一脚浅的行世密码

月圆时，我看到那些残缺

以涌现的激情入我几案上凌乱的思

我储满洪波的心怀你桃花的脸

酒过三巡后读你舒袖翩跹的深情

乍起的清风预告着薄秋的微凉

我想起贴地私语的高原绵羊神态黯然

它们都如同你身边躬身的玉兔

痴痴地透着寂伏着的白，恰如静默的告白

不该猜想，不该望向不发一言的远方

我唯一能做的是怀揣圣洁的梦上路

像你哀怨的目光落在玉兔上

止于传说——一场秘而不宣的开示

隐喻全在晦涩的图景上晃悠

幽闭的心事结着斑驳的痂

清风明月下梳理的心思格外清新

用手指抵住琐碎的荒凉

让一场又一场的故事悠上心头

漫溯惶惑的影子抵达桃源的世界

开始揉碎散落在青草间的月光

这疏离斑驳的影子像是我的心事

在八月的青草间起伏不定

与枕边书对话

不用百般折腾，去亲身经历

对于生活，我们都会大彻大悟

肉体喊不出痛的时候

灵魂在暗夜精灵的感召下流离失所

人间所有美好的语言

都是假象里一场虚设的慰藉

风不只在一个方向吹

痛也不只在一个固定的伤口痛

世人哦，我用以疗伤的方法只有一个

楠木床头柜上有闲散地做着梦的书

也就有这些了，只有这些书籍为伍了

一阵风，一阵雨，这样的人生行旅

终究，载不动太多愁

我的同伴大多在一场迷雾，或者

大地死寂沉沉的状态中倒下，扭曲，呻吟

总有一个声音高喊着，很好，一切很好

我在一波又一波的温情感召下，渐至麻木

直到有一天，我感觉我不再是我

我内心的声音仿佛要将我撑破

我看到这深沉的大地上奔突着无数个

不同的我，够了，我必将遵照内心的意愿

在尘嚣之外找到另一个自我

他应该在我随手翻起的书籍里

随时变化着不同的模样

以为还是那朵云

用一季沉默诠释流年的光景

别样的讶异唤醒光景里

一茬一茬胡须一样泛白的记忆

一种叫作寂然的心思在心底盘结

踏响青石板的声音依旧清脆

头顶的太阳依然有着香甜的味道

放眼望去，撒欢的马儿还是四蹄如飞

那些仿若戏说的月夜，还有悠悠的琴声掠过

此时，我读今天念明天，唯独忘记岁月

停在半空的茶杯，凝固点滴如飞的思绪

更多的时候，像是一个做了很久的梦

它悬空的景象给我一个倒立的命题

美人菊

飞星传恨的暗夜，幽散一缕精魂

一次不经意的侧顾令一个王朝汗颜

玉阶前袒露月牙般的心事，多少

都有些怀古的韵致，今晚，不说别的

玲珑剔透的月白已将卑鄙者驱逐

塞外的飞将军正在穿越传说中的重重关口

暗夜，飞雪，倒卷如帘的黑色的风

都在一路传唱西风古道满眼必须正视的现实

只作掌上舞，把握不住今天的双手

去风雅一阵风一阵雨的一室之安

琴弦上的阳光

只需一次人间最美的回眸

一次倾情忘我的眷顾

我要这高原瓦蓝瓦蓝的天空披上湛蓝的心事

要这湛蓝心事下争鸣天籁之音

让阳光摇醒我的慵懒和疏狂

在凸如峰峦的肋骨处，看一场阳光的舞跃

让扛起艰辛的五行之椎沐浴一场恰当的陶醉

看啦，阳光下斑驳的身影仿若金身的行者

这是唯一应该朝拜的圣者，听

宫，商，角，徵，羽，一起奏响

看，如洗的天幕上挂满会跳的阳光

我青筋暴起有如五岳的手指叩响尘世的问候

在女儿的呷嘴声中漫散开去……

落在宣纸上的桃花

用花的宿命解释流年的印记

我是彼岸不小心掠过的一抹季风

是不小心驻上你滩头的那一丝温馨

在你素心的祈愿上结出红尘该有的灿烂

我确信在风急浪高的暗夜我们相互慰藉

将束之高阁的信仰轻轻捧起

在你静水秋潭的心事上绽放激越的生命

一层层铺排开途程中所有的挣扎

像是从前朝那一柄华丽的骨扇上轻轻坠落

至此，我诉求于人间的模样多了骨冷

唤你的声音也一定是穿越了古时的阶庭

玲珑剔透的倩影正自越过多格的窗棂

轻绽一地挥之不去的闲愁

桃花红了

向不羁的人生斟满一杯甘苦自知的酒
氤氲了很久的情绪终于蓬勃而出
时好时坏的天空写满难以琢磨的映像
高原缥缈到让人心生怀疑

——如果有一种秘密不被假设
我情愿看到一切冲出藩篱的懵懂之心
在世俗的大声喧哗和暗自羡慕下暗香浮动
不管不顾去晕染眼底的灰

在拥挤不堪的世界面前做一回真实的自己
在寂寥大过心事的旷野，将暗伤层层包裹
喷薄欲出的是比天公还要干净的晴天
那般惹人生怜

内心的落日

有一种幸福只是一个人想静静

在思想的关闭如天地闭合的刹那

默念起世俗的经卷几近发黄

进出万家灯火的巷道涌现着可怕的谎言

披着黑绸缎的黑猫在这黑色的夜里唱着春歌

我是这春歌之下夜望苍穹的梦游者

从荒无人烟的小道一直到灯火阑珊的都市

——以一个低头思索的假象慰藉现实

千万个灵光一闪的想象都不及夜猫的几声叫春

有一种热逐渐消失

我听到潮流退去时带着疲惫的声音

有一种光渐趋隐去

我看见湖泊上倒映着抛锚的船只

光与影不断递增内心的热望

多么像不谙世事的孩子面对明天不停眨眼

失忆症

不必论眼前这桃红柳绿

流离的晚霞挂满血色的传说

有一些美好的问候让鸽哨带向缥缈

丰富的语言从此被更为厚重的缄默代替

对景凝伫的写照里一任青春放牧

我们从草根开始从此学会细嚼生活

这更像牛之反刍慢条斯理地回味

将昨天嚼碎把明天悉心地铺开

五味杂陈的故事我们往往忘记开始

那无法更替的结尾写满各自不同的唏嘘

如果能将快乐封存把烦恼彻底拒绝

我情愿关闭思维穿越的闸门

虚拟一个位置

总有些回首令人茫然

兀自控制不住的说笑还在继续

对于逝者而言这也是宿命的道场

前世没能得到的欢颜今日为你补上

想想也是，前生今世，谁稀罕无心的泪水

最矫情的应该是坟墓旁那些芨芨草

不断摇曳身姿像要证得自己已然不错的今生

听闻山里的桃杏兀自烂漫

对于爽约的人来说，增一份情思多一些安慰

用心编制的那些小花衬着满山的桃杏

随着四月情漫山野的微风轻飏一个预言

那山，那路，那些可爱的花草

增一个甲子或许会看到我也与你们同舞

南柯一梦，你们有太多的时间用来打量世界

随处可见的花草早已为你们代言

此时，不说别的，我侧身在喧闹中

绵绵而去的云朵载着一张茫然四顾的笑脸

预期和难以预期的祝福与想象都在里面

到或者终于难以抵达的我也都在里面

绿的悲悯

阳光正以四月的暖意覆盖不堪

云遮雾绕的心思遗落在苍茫更深处

有些记忆像是遥远深处泊在港口的独木舟

那些没有目标的问询徒留象征的美好

以往颓败的落叶将天空迷乱

在一场黑色的大风面前驻足良久

望向苍茫和望向一个牧羊人的眼神没有两样

蹒跚地走过和轻松地掠过都没有什么不同

唯有碧绿碧绿的心事在某个清晨携着暖阳来访

在星星眨眼的夜晚吐纳月明风清的故事

才会在满目疮痍下流下悲欣交集的泪

在一起

在一切静止抑或喧闹的时间流上

没有什么比随意驻足我心田的你更重要

那些让光阴成为细长且茂密的梦

那些为了明天为了梦的唠叨——

我们一路用细碎的脚步丈量红尘

一低头的纳闷让日子凝结成网

在一切可视的物象面前升腾起欢欣

比梦还要真实的希望重新唤起

我握住流年的梦也拽住尘世的荒凉

那个真实的你却一再游弋在现实的虚幻

因此我不断地敲响晨钟也一再地擂响暮鼓

在物我两忘的境地整理早已发黄的碎片

沉潜像往事一样令我气喘吁吁

我看到蛰伏一季的生命欣然踊跃

待我重新把盏与你共话桑麻的时候

一定有大如珍珠的泪覆上我的眼睑

纪念日

凭空而来的念头在此刻定格为真实

摊开的双手上写满逶迤的过往

燃烧的青春在深沉的暮色里摇曳

五颜六色是回首时最美最真的风景

用五月并不清晰的侧顾记住过往的原风景

回忆被拉得很长，我说我一夜白头

整个冬日的胜景难以抵消前望的殷勤

属于五月的爱情让明天的路变得宽阔

我必须在这个季节扪心自问

得到和放弃都是心底不动声色的芒刺

我用于打量世界的眼睛挂满眼前的忧伤

我懒懒地伸腰静静地思考傻傻地回顾

给自己一个看上去成熟且幸福的模样

说不出的感觉像是一枚青橄榄涩味在喉

野花

云里雾里的情思已经过了

回味和相思一样缠绵

昨日马蹄声急

更鼓声下有肤如夕阳的老人为你依旧喃喃

一片斑斓的星光下摇落相思一地

走与不走或者散与不散都不要紧

守望和枝干一般盘根错节

拾阶而上的追问让鲜嫩的叶枚沉重

一个轻微的问候便是洪荒千年的传说

淡晕的眉梢挂着久别的笑

月牙般的初心托起春心一片

我是你心门之外永远踟蹰的那个人

用温暖唤醒沉昏的梦

鲜活的记忆便结着晨露跃跃欲试枝头

旧的时光里将日子一遍遍淘洗

奋斗是苦恼人嘴边善意的谎言

随遇而安的日子里，我说时光呀！

几多辜负，几多遗恨，几多爱与情仇

都已过了，拼却一生，要大地吐芳

那燃烧的心呵，去烂漫每个晨昏

其实，我写下这样的自己

头颅比天空还要沉重

比亮起下弦月的夜

多了一份嗡嗡响的思

于是，一份不由所以

披上黑绸般的外衣

以夜游神的模样

就这样，隐在多情人的良宵

勇往直前

一路摇摆不定，这命运的法则

像是迷途的孤儿，忧郁的眸子深过古井

地平线缓慢地拉伸荒凉

大地像个懵懂的孩子张开犹疑的眼

在你干涸的河床上引水驱热

脑海里浮现皮肤黝黑手持经轮的阿妈

几声佛号下那成群的牛羊绿绿的草

放言自由的跋涉无所畏惧

那些过往的美好一再地唤起现实的遗忘

从未含蓄过的微笑依旧深深浅浅地印上

这未知的不可数的荒凉

传说中的海市蜃楼还在脑海闪现

多么像去往圣地的阿哥

怀着明月般圣洁的梦

费心刻画你容颜尽失的沧桑

只为多年后在我颓唐的心壁结起带痂的苍翠

这像西风渐紧时我用心痛捧起你的脸

用发呆的状态想到人间的美好

突然，浓墨重彩的大写意会披上我的华发

那么及时那般仓皇不顾

远方来信

潮水退去，北方

冬日的阳光懒懒地位移

折腾一整个夏季的田鼠开始酝酿新的计划

外爷家的泥土炉子冒起温暖的烟火

父亲将瘦削的身子靠向巷子最暖的太阳

这个季节的薄凉，树叶般在眼前窸窣

我们一起将晨旭和黄昏来回拨转

这是俗世唯一不变的咒语

一千种图景出现一万种图腾消亡

开心和不开心不甚重要

北方全部的温情已然在握

结茧的手掌搭上脉动的热情

抵达北方传说般的佳话

思念成为游子茶杯里的清照

瘦成零碎的晃影，乱成细碎的叹息

向狗蹄子花开的山头打量几眼

那些好梦成真的祝福

便在乡心不了的枝头次第开放

那些年，用单车驶过的青春

所有的行藏

包括一枚青杏淡绿色的记忆

在号角般的铃声中到来

不再年轻的午夜缀满好奇的星星

那些滴露的清晨，泛着鱼肚白的清纯

一起到来

不明白叫天子到底长什么样？

总是声声入耳，总是叫破黎明的天空

从此，我们不知所以

翻过那座大山，再翻过那座大山……

你用飞扬的裙角揭示明天的秘密

我明白，我用一道道发向迷途的寒芒

逼退过尘嚣中刺耳的喊

我们在蚂蚱的翅羽上读懂七彩的蓝天

远方的星子上涂满所有的信誓旦旦

注定漂泊的足迹打着歪斜的坐标

信仰，一度在失语的唇边停留

哦，那些一簇簇接近蓝天的绿

那些绿色里再也藏不住的那一抹红

宛在今天

不忘初心

高原上望尽向东的河流

望尽故园那些盼望

我的容颜也一定有貌似幽州台的底色

关山不语，在楼兰远去的地方

想起子昂一样的先辈

有些问询疼痛了青瓷般的心

总有一些怆然而涕

会让前进的脚步更加稳健

关山隔不断遥想红船的念头

总看到有万千青鸟在波涛汹涌中的

诺亚方舟上一次次飞过

大漠，胡杨，铁划银钩的碑刻

丝绸之路上那一阵阵远去的驼铃声

都像马奶子酒一样穿肠而过

我曾虔诚地交出过我的以前

它们是沾着青草的布鞋

打着补丁的蓝色裤子

洗得即将变了色的白色的确良衬衫

三件能将一个"人"字树立的行头

我都郑重地交给我的爱人

交给我的母亲

今夜的露白潮湿了一位中年汉子的心

他身着红色衣服的爱人

奔跑在长城内外

他满头银发的母亲有深如碧潭的眼眸

雪团般涌现的成群绵羊

站在高岗引吭高歌的兄弟

都在眼前一遍遍走过

白雪倾城

这个季节，田野痛在任性的北风中

我的小小的装有心爱女人的城池

痛在一次次逼近的苍白

热烈的绿已被封装在湖泊的镜面

我企图唤醒迢遥水草的心事

在干瘪的空气中费力地喘气

我欲说起的碧绿的五月休在眼前的苍白

白马不再欢腾，归巢的鸟儿睁着宿命的眼眸

我这一头盛装过前世今生的头发

飘散在童话般的我的城池

一阵紧过一阵的北方的北风

就从我深情注视着的眼前吹过

从装有心爱的女人的城池的上空吹过

它会突然吹散我本就凌乱的头发

铺天盖地地吹来，白茫茫一片

梦在飞

小鸟将一片森林唱成欢快的海洋

蚂蚁为一些甜蜜的想法兀自聚集兵马

蜗牛在沉重的地壳上画着明天

我在一整块流金的幕布上信手涂鸦

红色基调的幕布整块整块地暴露我的秘密

包括我在滚烫的大地上如何撒野

用七彩的调色板将单纯放大

将那些最初的呐喊声定格在颤抖的耳膜

在我用手掌托着头颅进行思考时

那些嗡嗡响的合奏声里都是关于明天的故事

像冉冉升起的太阳

照着薄凉尘世里有些单薄的我

等一场雪

先于大地呈现肃穆之前

久已酝酿的倾诉，才会像一首不老的情歌

在敏感的耳畔滑过

你望向爱人的眼神

开始在一座春山上，堆积起爽约的愁怨

眉梢作飞白，泅染迟到的恨

向晚的街亭上有三三两两的恋人走来

守不住的秘密随即四散开去

你用顾影自怜，宣示一季的苍白

伤情逐飞絮在空旷的田野舞

来或者不来，到或者不到

都在躬身对待的红尘

若你轻快的马蹄羁绊在天涯深处

我笃定的心头，注定会落一场无边的风雪

回眸有你

淡蓝色的天空回应过我的忧郁

深蓝色的海水撞击过我天青色的心房

这波上痕般的你，都在眼波深处

梦中的灵猫半开半闭的眼睛拉起子午线

心就在天地间来回穿梭

时光是一匹远比自己任性太多的骏马

它翻银的蹄下有我如天地般不语的眼神

直到它慢慢地释放出一些忧怨

直到它渐渐地摆弄出一些黯然神伤

直到它缓缓地发出一丝叹息

直到它真的将我的黑发彻底变白

我因悲伤而回望的眼神里

全部是你

给我一个微笑就好

缺雪的冬季，选择一个辽阔的视角

让南来北往的风将自己吹成雕塑

额头上搭起心形的手势

让风沙吹疼的双眼一并去湿润远方

望向流沙，望向黑河，望向苍茫

我终于知道什么是一茬又一茬的关切

就像这个缺雪的冬季

不止一次地想到田野上一闪而过的黄羊

想到那一缕缕飘向远处的炊烟

和那炊烟底下勤劳的人家

那些将活力伸向鸟巢的孩子呀！

你头顶黄灿灿的太阳向着田野望去

便会在你清澈的眼眸上

沾上无法掩饰的微笑，不能自已

即便这是个缺雪的冬季

那微笑，一定会有

没手机的日子

忧郁的眼神被低飞的燕子衔向沉闷

些许低头的纳闷被蚂蚁抬向归途

泛着包浆的家具映着叫作呆呆的容颜

索性让青花的杯底洞穿一个王朝的背影

攒花的马蹄袖下掩盖着缺血的手指

八百里加急，关山难越

方圆百里有心怀天下的壮士去观美女

一场问心无愧的壮志未酬演得轰轰烈烈

脚踏令旗的战马渴死驿站

不同的手，指点不一样的江山

而今，马放南山刀枪入库

我难以翻拍起激越的胡笳十八拍

我的江山，孤掌难鸣

醉

路过阳关时，身影和夕阳一般瘦

不愿说破的世情在玛尼堆上不停闪烁

打过招呼的骆驼一步三回头

我听到西风刮起的鹅卵石肆意地欢呼

我抑制不住的雄性膨胀挣裂

三万六千条脉搏束缚，以无上忘情的豪气

我按住雄关高昂的头颅，把海市蜃楼

揽在我滚烫的胸怀，嗨，我还将

掀开月牙泉羞涩的面纱，裸露原始的美

倒五岳，退江湖

我在很久很久以前说起的王者满血复活

我手指蓝天，让一路北上的大雁

给出塞的昭君捎去不被世人参透的情话

河西，在你昔日披着丝绸的走廊上

能不能指认出我凌乱的脚步

到底通向哪里？入关和出关并无两样

但我总会大醉一场

不忘你的温柔

属于冬季的念想在落叶上搁浅

时光将身世飘零梳理得恰到好处

不是寒风起你便在枯瘦的

脉络间读出自己的命运

是不小心撑开的一片金黄

让啼声嘹戾的大雁一直向南

你饱蘸三春的神韵盛夏的热望

用沁人的神情衬托眼下的了无生趣

轮回只是你一次无意的轻飏

为来年让载梦的岁月更为踏实

你以旋转的姿势一次次冲向大地

去捂热大地沉默的情怀

认识你真好

这多么像我多年前见到的雨后彩虹

挂在素净的天穹

潮湿且清新的风拥在我注视的脸颊

我猜，它一定是带着你的关切的问询

一阵阵抵达我讶异的内心

须闭着眼再去猜想那云里雾里的念想

它是怎么一下子让我愣在那里

瞬间我的世界只剩风轻云淡

至于你与生俱有的七彩光环

我已不大想起亦不便说出

经年后，我后悔的是，听信古人的说法

没敢用手指你，哪怕是轻轻地指一下

旗袍

我用头颅顶起的天空

轻绽有如清音般的你的曼妙

袅娜着来，排箫般淡去

被你拥过的江南就会从此多雨

我的北方，大雪封山

你一再拉低的领标里藏有火种

看不清的娇羞，藏有方向

那些婉约的柔美，褪了王朝的燥气

我反复说起的江南的神韵

就定格在那一方一方的布帛上

那些碎片有着集体思索的经历

当你用红色的油纸伞顶起你的优雅

你更像我的爱人，曾用

幽怨的神情让我这北方的汉子心惊

你是北地战马嘶鸣声中丢下的

那一丝叹息，带着迎娶黎明的眼神

冬至

写下"冬至"两字时，南京大屠杀纪念日也跟着到了。

——题记

心事拉低高飞的小鸟

小鸟下面无尽的原野挂起冰凌花

我紧了紧衣服而你也收紧了面容

田野的颜色和我的脸色

没有两样，在灰暗处泛白

不妨用大头皮鞋踩向死寂

将黑夜中的生灵唤醒

可能它们在惊慌中四散逃逸

也可能将疑惑和不解撒在我的眼窝

谁要这暗夜拉长的最后一天

遭逢比黑夜更甚的黑

祈祷不关季节

黑色的夜蛰伏着春的嫩芽

只是，以往的伤疤

让岁月失色

像今天的夜，格外漫长

影子

用无法申诉的神情将深情带向大地

给情人般热烈的红尘一个傲世的姿态

关于我的传说从月明星稀开始

用一场接一场的单薄

挑起稀薄空气里那些微弱的光芒

静伏在霜冻的覆盆子，枯寂的紫藤上

有如惊鸿般的身子不停颤抖

过去和现在，没有不同

只是，走向晨旭光影里的我，比以前

看上去更为活跃，这时

我看到散发着蓝色光晕的湖泊

倒映着挺拔的树木，隽秀的小草

它们都不发一言，像怀揣着梦

不忍心惊扰这静水流年里红尘的梦

躲在光阴背后的我，一任

岁月将自己颠簸成挽梦者嘴边的叹息

高矮胖瘦不尽相同，却也自在

小巷

侧顾，不够，只能颔首

眉峰上便挂着那个始终喃喃的你

想你时，哪个季节都觉有韵

落魄江湖的我，载酒载愁也载你

风尘刻在心底，付你温情可好

岁月不老，便将约定写在你的青衣上

不是碣石村但有渭水河，出走后

少了二两豪气多了三滴柔肠

大秦之音的浑厚不再，想你时

那些你教的碎步让我走得风生水起

去往西边，当然不为取经

我去往夕阳深处

却只为看阿妹如何走出西口

甚至我一意孤行，走出偌大的地图

都不如在你水灵玉润的心田上

轻轻地走过

别后，一片茫茫

走近春光

冬尽时节开始加快忙碌的脚步

我捧起柴薪的双手上有春风的温柔

一缕缕穿过手心，像是揪住光的尾巴

多么像潜行在暗夜的猫头鹰

赶在破晓时分

就让自己的爪子粘着湿漉漉的渴望

头顶星星的花枝都像是在悟禅

无痕的风剥离它的静默

一万种风情便在一瞥中不停点头

心底走失的妹子在暗夜成为传说

她不肯扣开的柴扉上有过铁定的等待

像黑夜那些咯血的思念

火焰

胡杨在飘零的落叶上写满深冬的寓言

你酝酿的心事里有过我炽热的眼神

祁连山用难抑的热烈激起不化的冰雪

那是隐忍千年吐向大地的热望

应该是在这样抒情的日子走向你

我用袒露的胸怀像个热恋中的少年

在黎明到来之前就去拥抱你

必须先要在彼此古井一样的幽怨里

甚至在隔世换代般的冷漠前

相互体悟慢慢聚集的热

即便路过阳关时我忘记了阳关三叠

但一咏三叹的基调不断唤醒体内

奔突如箭的火苗，就此

放缓脚步的我，仿佛眼前走过无数

成熟而有韵致的女子

她们都携带着起死回生的火焰

眸里花开

青霜凝结的眼眸将天涯推到尽头

苍茫意象里，有佩戴梅花的

小鹿凝香的倾诉

九张机消解过陌上迷茫的阵风

张张寂，弦弦冷，原上，你不在

九十九道坎，是我前世的宿命

不经弹，弦音凄凉处全是我的哀伤

我有九千九百道伤口等待愈合

从黑风口，沙漠腹地，沙枣树的田野

那将幽怨带向天空的孤雁上面

都有着我溃不成军的心事

传说中的石头能口吐经卷

我看穿世相的眼眸在心底逃逸

拈花不语的背景上写满忠诚的箴言

无力喊出的已成为岁月的厚重

用心默诵的必定是红尘诠释的情歌

眼里深藏的是如花般馨香的你

轻敲你的门扉

啄木鸟敲响了田野的缄默

流云憋着情绪把暮色抬得很高

那里有过风有过雨有过玄奥和想不通

去年的青鸟衔来桃花三枝

前年在春汛中迷失过两只信鸽

不再提大前年的事

文君的酒巷子深到只能闻香醉人

不及我一念起再来一杯

乘着微醺我好虚拟有你的小园

一样的流年你却将深情站老

虚掩的门扉上亮着铁锈的玫红

你靠向木门的身后拖着半世的阴凉

不是蹒跚，一定是款款的脚步

穿过你蜿蜒的碎石路

触过光阴的手便轻轻敲向你的门扉

舞台

再活一回，把江湖搅成我想要的江湖

一声声啸聚山林的号子没过

我的山冈，我的土丘，我的沃野

我掂得起青龙偃月，舞得动铁打的禅杖

当我用这手中的利器挑起柔软的夜空

让寒夜中的寒星遭遇我彻底的寒芒

朋友，你就看吧！

水袖漫舞处一场春秋的大戏遮遮掩掩

叫好的桥段恰是你无处安放的灵魂

朋友，你就听吧！

一切需要烘托的道具之前已经备好

一声啼血，二声断肠，三声风雨飘摇

失意处，就别一再地弄湿青衫

江州司马别过的湖泊映着今日的明月

拼却一生将太阳抬到山的那一边

只为在你原本需要痛哭的地方

有月亮为你遮去那羞

像舞台上最后一层帷幕

年画

一幅画与墙壁之间藏着过去

记忆便搁浅在黑白疏离的空间

平展的边角像敞开的小院

也像是要给四季一次最后的叮嘱

那是我城门大开的洞天福地

为了让它显得辉煌和气象万千

我将五花马拴在门外八丈

杨柳青青处

让嘶鸣声响彻方圆九里

要槽枥之间的马匹都生背叛之心

那时多情，曾一度想起貌美的西施

画舫情洽，范公将光阴搓成蜜糖

你，还是不肯放下捧心的玉手

是心疼故园，心疼范公归隐

还是心疼自己抱守的繁华与落寞

家书

失落感归咎于海洋般涌现的夜

一波又一波，带着冬雪未过的风刀

刮开积垢的心，水蜜桃的香粉扩散

像乌鸦啄破的浆果的馥郁

破败的驿站和年老的马，需要一再叮嘱

如同我对黄昏寄予温暖的厚望

方形的梯队正自穿越一道道烽火线

八百里加急，陌上的风吹起连营的号角

加固的城郭上印着我青筋暴起的手印

人喊，马嘶，拴在腰间不及解下的酒壶

和那一轮冷冷的月，权当作令牌

一旦亮起，便是奔袭，便是突击

尘世的寒芒淬炼成青岚之气

所有春风般的问候都设有埋伏

先行队伍的一切遭遇我都欣然承受

中军帐中，我是我自己唯一的王

深冬的冰花挂上我的帐房时

我用大碗的烈酒为自己暖化寸寸柔肠

古道，西风，十万战马驻扎在千丘百壑

每一声嘶鸣，都是块垒之气

每一步都将踩碎严寒封锁的栈道

一定要看到黎明挣破的面容

为我十二月的心事重新涂彩上妆

再问战况如何，看我容光焕发

门前

木马踩碎过黄昏时静寂里的遐想

一管青竹的缠绵启封那些过往

有了水，才好歌以韵

不需波涛声，清凌凌一曲又一曲

让羁绊在天涯的故人一再回首

与玄黄一起老，听够坊间流传的故事

你胸怀十万甲兵，传说在大槐树下搬兵

驻守之地都是兵家必争之地

用一次次早有预谋的集众向黎明示威

整个巷子都是你身先士卒的伏兵

猎猎旗帜下扫清门前一切污秽

你说，这样，就能扫尽天下一切不堪

逼仄终将成为通衢，坦荡就是远方

斑驳的门柱上都必将烙着坚守和不屈

静默，是你对尘世固有的态度

开启你便开启整个天下

紫轩葡萄酒

夜光杯盛起的辉煌与悲壮不曾落幕

大漠，冷月，感叹号般的孤烟

我们领略凄清，比夜还深的孤独

边关太远，汗血马踩碎断肠的天涯

你的冷艳是紫葡萄凝香的心语

忍顾，像乱军中走出的昭君

在河西的西口，你娇媚的回眸

倾人，倾城，倾我杯中悬着的江湖

我们是关城边相互砥砺的情侣

有十万捷报，也有万千熄灭的烽火

你暗涌不断的热情，点点滴滴

酱紫的热，暖那三寸柔肠

远和近

其实这个时候的天穹很低

我借它的眼眸去故乡看了又看

心底的毛毛虫啃啮着柔软的幕布

我看见它跨越时空的身影不停闪烁

听见它洞穿银河时风中的呜咽

以揽月之姿将故乡盛装入怀

抚慰它的忧伤像是触碰我的痛楚

不必醒来亦无须归去

只消伸出手去

从天幕上我将故乡紧紧抱住

满天的星斗就会洒落一地

喷涌的银河在脚下一次次涨潮

晚来的风就从远处吹来

就从近处吹来

心中的那片宁静

我有八千心事，将河东围得水泄不通

十年前像霸王突围

河东的父老将山丘站成垓下

我终日喝酒，醉后就弹冬不拉

弦音将西部的长夜拉得更长

我知道，弦断处必有伏兵

我的乌骓马其实没有死，死去的是

神风不再的传说，它乌黑发亮的皮毛

还能驱散暗夜的邪气

如今，不再喝令将士去做无谓的奔突

不肯过江又奈我何，我的虞姬

用青锋为我划开那一片宁静

沟

想起这个阴郁的字眼，风就吹起

从东西南北，从我黄土高坡

含笑的面容上吹起

像一个高音滚落在未知的黑夜

声嘶力竭地跃起在苍茫中

嗯，苍茫中的含笑

别问我这些张了口的确切的数字

我的手掌上有着和它暗合的笑

清晰又神秘，我相信

这绝不是命运使然

因为我心里也有这样的口子

每当想起，就咯噔一下

一棵谷穗

天空让突然升高的南飞雁带向寥廓

高原在秋水的寂寥里做梦

毛茸茸的心事指向一言不发的苍穹

淡去的记忆中有过铁的磨砺

一任孤独奔袭而来，体内奔涌着

八千成熟的想法都在心怀天下

弹开的麻雀将欢欣传递给大山

弯弓般的身子横在山的脊梁

空悬济世之才却抱守一世寂寞

都道英雄不问出处，一个秋

备足五行精华，米从何出

须得是，故园的风，正吹过……

西北，听到东北的大白菜

很多时候，可以挨过一个漫长的冬季

在东北，你不准备在温和中度过

只看数据就汗颜的零下四十度

在这里，让僵硬着的持续僵硬

温软着的依旧温软

刀耕火种的往事让你有了青葱的记忆

段白的心事，忍一季流年的煎熬

出世的心态静观已安的天下

有人喊歇菜时，你在穷途

偏安一隅的你本是果腹之王

你流放的地方圣歌不绝有万千子民

对于鼠辈的无意冒犯，你报以

温和的态度，忍住痛

憋住心怀天下的恢宏之气，饕餮之声

响于天下，经年后，你依然在野

白云升处有人家

我憋住气面对故乡的地方喊一嗓子

那白云升起的地方，一定会有

人家开始在我的想象里活动

沿祁连山，过六盘山，我并不停车

黄土上挺直的树木，都比枫叶红

思念却比这树木还要瘦上三分

寒山太孤，残破的诗歌和发黄的经卷

都挑不起我对于一方人家的热情

寺庙太寂，难以抒情

你有十年载酒载行的扬州梦都作轻薄解

我有十四载子规啼遍的乡愁

都在杯中释

你以小字辈挂名在几近昏聩的晚唐

阿房是你一生赋就的人家

这天下的人家都该在白云升起的地方

我用白瓷的口杯盛满白云般的人家

喊声兄弟，干了这杯

天下的人家都会在白云下响动

红月亮

面对流言不得不报以血一般的面容

试着轻绽蓝色火焰

灰白的记忆像饿狼传说

不必借着一地清光将对影说成三人

收敛清辉，那些温柔

不必有的善良暂时取消

不要无端地指着我便说，拿出桂花酒

嫦娥偷取我的灵丹后我大病不起

后园抡斧的吴刚将桂花树砍伐殆尽

我终日抱剑吟哦像个抒愤的书生

将一宿一宿的心事吐给人间的李白

他是唯一将我记在心间捧在眉间的人

谁说一失足成千古恨

他只是去蓬莱赴我三生有约的宴

在五陵，我将白袍利剑照得熠熠生辉

杀他个纨绔恶少片甲不留

烟涛浩渺处将身世说尽

迟到的容颜只为还清前世的纠葛

立春

你来了，站在我一度颓唐的心事前

不言不语，不争也不闹

就这样站着，听心底那些虫儿萌动

说故乡已经解冻，小河边有过你的足迹

你裁剪的杨柳吐着星星点点的碧绿

我注视你的神情也随即暖和起来

你穿过未知的暗层，穿过很多雾霾

经过北方叫嚣的冬

我读你的眼神越来越严肃，深沉

我们有了一整个慵懒且惬意的午后

阳台的双层玻璃上传递着温度

寒冷已然忘却，遂想起还要送你一程

麦芒

将所有即将枯萎的念头弃之不顾

让所有插入云霄的理想带上苦涩的过往

风过也好，雨落也罢

大地以无限可能的裂痕张扬岁月的不凡

我注定是赤脚而来，带着太阳的光芒

滚烫的足底有着万千昂扬的生命

当我认真地说出努力，努力

包括迷茫中无限延展的苍茫和无助

都会在同一时间一起迸发向上的力量

像大地以无言孕育万物

那么自然那么沉着而饱满

不负众望就有生命如戟的激情

刺破虚浮刺穿那些绝望后的谎言

风来了，雨来了，你来了，我来了

听呀，余音绕城一个季候

看呀，光辉灿烂的一次蜕变

元宵节畅想

我有千骑在一场厚厚的落雪前出发

沾雪的发梢在烟花绽放的夜晚

飘散成游子唯一的标识

是激荡冲突的旗帜

是遗落在山谷里铁蹄铮铮的鸣响

一切具有悬念的阵型都不足以阻挡

已经开拔的队伍

溃败和毫发无损似乎都不重要

心底的号角已经吹响

琥珀色的杯底盛着上千个银装素裹的兄弟

清明祭

去年清明后父亲故去。今又清明，这个时节的雨水里，一定多了一位真正"断魂"的人！

——题记

1

所有的念想和期盼

山一般后退

努力的模样像挽回失血的太阳

牛谷河用哗声拨开最终的不舍

静默的小草小花顶起一片热

罩在空空的头颅

没有落下的雨水凝结成雾

一些薄凉从发际，眼帘，慢慢渗透

一个倾倒的姿势揖别一生

2

用叩拜捧住天地之心，偌大的天地

少了空间，思念越发窄小

云雾，大山，溪流，都是一个模样

用古老的方式与您话别

点点滴滴

是风，是雨，是电，都像裹住我心

3

到了伤心处却没有喊出声

有些安然是您生前没有说出口的期盼

我放下胆怯就像您放下生命

我们一起走向各自的熟悉和陌生

雨也不必落下任其凝结成雾

那些细碎的痛就满山遍野

云里的思和雾里的念都作此时的泼墨

给这眼前的山做一次肆意的写意

从中有我所有的无法释怀

4

绽开的思念弥漫在耳边

每一声叮咛都让脚步更为沉重

我试着将心贴在只手可触的茶杯

濡养而起的开片上显着深浅的纹路

像您的一生也像我的心路

每天都会浮现不再中断

5

看到的景致里容颜未失

世界给我一张不断放大的网

仰望的星空里嵌着怅惘的泪目

夜色空明时，思念便在天涯

俯视的泥土上结起岁月的斑痕

我的马蹄空余哒哒的足音

6

给世俗的笑里敛着秋水的烦忧

哭在世人面前的我裹挟三冬的忧郁

打马经过的牧场物是人非

那些蜿蜒曲折的足印上滴落雾白的愁怨

时空给予我留白的影像

我的布衫云翳般遮住独守空城的躯壳

时间像个酩酊大醉的旅客

行囊里全是大大小小的无处安放

7

用一次叩拜敛起黄土高坡全部的温情

儿时听到的蛐蛐声唤起昨天的记忆

那些哗然而开的往事和一言不发的午后

那些带着麦香的红红的太阳

在出神的马路上哒哒而过

就用木讷驱散所有看到和听到的歇斯底里

专注于自己如何消失在人群

火焰里我们如何用扭曲的身形对抗悲哀

这虚幻的痕迹在现实之上

抵达千万个渺小

8

将貌似诉说的身形推开

多大的事抛逐脑后

从此唯唯诺诺，忘记那些需要的寒暄

直追朗月的笑戛然而止

窗户外寒星点点

像是此刻的话语那么干瘪

总有一些隐痛我们没有说出口

大西北的四月没能遮住那些荒芜

尘埃里有我们变形的脸孔

青绿不见，我们用力咬住季节的仓皇

心底的木楼梯唱着向晚的歌

拾阶而上的伊人步态温婉

晴或不晴，我们将望断的天涯再次望断

如果不是鸟鸣或许不会抬头望向八千里

一声声穿透云层的鸣啼

给天空注满彤云一般的疑问

我们一边打量自身一边看看天空

不等的距离，一阵风一阵雨

唯独没有我们自己

衣袖遮住的季节唱着温情的歌

流年是嘴上吹破的竹笛

那些涩滞的音符是自己的注解

需要了悟的事像株菩提

在犹如莲花的尘世

散发没有文字的隐语

故乡，就是我的江湖

能够单刀直入，哪怕凌霜的刃逼退皎月

许我归来，忘记马失前蹄的痛淹没江山

俯身是鞍，一记常山靠背负许多苍茫

奔雷手直追日月，烟笼的村庄有亲信八百

避开万千箭矢，脚步丈量流星般的人心

一再擂鼓，不再记得鸣金可以收兵

烽烟从西口从东门外从迂回的小道升起

遗落在客栈的永远是未尽的信笺

是每一次冲锋前最后一道手谕

在酒泉，遂想起……

万千铁蹄踏响细碎的风沙，你从梦想中划过

在河西，现实暂时搁置

让想象中最为怀旧的老者引领

我们将时光用发亮的黄沙编织成丝绸

在亚细亚中部，在它辉煌的顶端

用虔诚和敬仰向发烫的西部聚拢

牛角做成的号角与月牙泉形成共鸣

写满心事的碎片雕刻在莫高窟

如果意象单薄，在我未流出泪之前

纵深的记忆里一定在大醉之后

用狂草抒写出终身不遇的羁旅情怀

回不去的除了晚霞般的兄弟

还有圆月几近贴身的细碎的柔情

头枕荒漠就不单是做梦

有关沙漠和骆驼草的故事留给后人

都说边关有豪迈气象

霜染的须发在皎月下泛白时

慨叹之韵才好让樽前泛起绿波

那么，倾倒吧！

在众生渴盼的泉眼里倾注历史的气魄

用最好的酒水培植史无前例的胆识

书香一路几多情

致敬甘肃新华书店建店七十周年

——题记

1

是一束馨香的花朵静绽在闹市

眼帘尽处闪耀地标般的光彩

鸽子般成熟的双翼

在黑夜发出过划破黎明的回声

有江山般的锦绣文章

让你在风雨飘摇中依旧有着不凡的气度

听，海风般的潮声来自延安

来自你按捺不住心跳的窑洞

看，那时，四万万同胞用羸弱的身躯

撑起天火般的眸子在你滚烫的心田逡巡

2

不再娇情不再将愚昧的歌谣唱老

在铁蹄在炮火在饥寒交迫中依旧书香四溢

你用沧桑梳理苍茫大地上多思的灵魂

当狂躁和无知上演荒唐的闹剧

你峥嵘的额角顶起滚烫的四字真言

——新华书店

紧闭的大门上依然烙着坚强和不屈

太阳升起的地方

你在一枚最亮的五角星下诞生

因此你高贵的血统注定你一世清高

3

不说世事变迁后你有着怎样的千疮百孔

即便是陈旧的扉页上

依然刻着星光一样灿烂的文明信息

想起你，内心的黄河就会咆哮

念起你，心底的长江就会滚滚向前

你丰富且充实了新中国一代人的记忆

深情地读你，读你凌霄花一样的坚韧

读你紫罗兰般静默中吐芳的心事

4

是什么让我们在半个世纪过后

用最为温情的记忆

不断抚慰那永不凋谢的胜景？

你竖琴般奏起悠扬的岁月

像慈祥的老者为我们讲起难忘的童谣

青山用巍峨显示厚重

大海凭浪花诉说生命的激越

你用火种的光明摧枯拉朽

涤除卑鄙者残余的通行证

高尚的灵魂在寰宇之下

在东方不老的传说中用骨骼般的精魂

构筑起新的万里长城

5

是谁像雨后春笋般的鲜活和俊朗

见证新中国清丽的梦，是你

是谁与同庚的共和国互道祝福，还是你

记忆中，你是江州司马湿透的青衫

是岳母"精忠报国"的刺字

是身披艾草沿江呼唤的屈原

那个在幽州台对人类发问的子昂，还是你

6

习惯留恋在馨香的你的身边

从根植于泥土的气息

都市文明氤氲的场景中

历史的尘烟几近散去

你寄予铅字永生的力量

这是新世纪的文化图腾

从古人秘而不宣的信息到今天的太平盛世

你的心是万花丛中那一抹最嫩的芽儿

拱起黑黝黝的大地

托起初升的太阳

《日知录》台历

案牍必备，日省之课，读者出版集团隆重推出豪华精装版文化台历《日知录》。

——题记

阳光下的残雪正在铺设一个童话般的冬季

它唤醒北方的深冬

散逸开裹在棉衣下土拨鼠般的心

记录这心事渐融的一天

像柔光懒散地照在欢快的流水上

低头沉思 已然多于眼前的风光

我的心决不追逐一只流萤的末路狂奔

先于阳光铺就好一个早晨的问询

心思比奔跑的太阳还要绚丽

我该如何抓住披向大地和煦的衣角

让温情随风跃动

日子的光影里有千万个不同的自己

唯有清醒者才能在每个晨昏的光阴里

画出自己清晰的面容

我们记录涓涓细流里那一丝丝活跃

记录下昨日大片大片的绿是如何

消隐在日渐消瘦的脸颊和

越来越深的皱纹里

我确定每一天的开始和结束我都将铭记

像我用空空如也的心扉

去触碰这万千世界里天设地造的机关

这瞬间变幻的能力全由心底的好奇承担

更像一个人的一生

只不过是用心记录下未知的一切

看你灿烂的笑绽放在江上

鲜活的节日景象业已成为想象的幕布

一再压抑着不能兑现的还有心情

太阳照常升起，空气中弥漫着不安

问候裹着厚厚的迷雾

在最长情的表白里走过大江南北

给处在焦虑中的兄弟姐妹

捎去我这一室内的幸福

和希冀中九百六十万平方千米的安全

每个夜晚的到来，都将月色撑得足够饱满

那些逐渐丰盈起来的意象里浸着光明

由此烘托的安宁里走过铿锵的脚步

所有绷紧的思绪都将逆行而上

将滚烫的红手印烙在各自的心田

让湿漉漉的心田里盛开良心的花朵

要这一抹一抹醒目的红撬开噩梦的肆虐

要怀揣怎样的信仰才能搭建起万众一心的高塔？

用想象构筑的人间大爱不再是废弃在唇边的谎言！

那些幽暗神秘的洞穴里有着倒挂的蝙蝠

想象中它模样丑得吓人

它用无辜申诉过大约八千年的人类文明

用昼伏夜出的自律表示对人类的敬畏

但它只是个活着的精灵

别问沉默背后依然沉甸甸的事实

真相浮出水面之前

就该拒绝一切欺瞒，谎报，嘲讽

无论是窃喜在暗夜里的魔鬼

还是隐身在白昼里捣弄是非的小人

都该排斥

不要用英雄去定义行为

我们用诚实重新铸就生命的高贵

不要用口号来诠释过程

抵达人心的永远是平凡中不断努力的形象

我们用品格缔造传奇

江城，请再次舒展你九省通衢的手臂

让楚地自古便有的雅正之风祛除邪瘴

你闭关时的一滴眼泪会令五大洲泪眼婆娑

沿江而上

一路都是身披艾草与你并肩的战友

委屈了，就面向黄鹤楼吟哦你的不快

就像千年以前你从那里瞭望过吉祥和平安

别忘了你用香草美人诠释过你的理想和襟抱

让这份圣洁作你最好最大的资本

待到春暖花开时

看你灿烂的笑绽放在江上

那夜是一首诗

一次偶然的远足

抖落塞北的尘埃

摇响生命的铃

在旅途一路韵律逸致

不必听寒山寺的钟声

一定要响过一百零八下

更不必枫桥夜泊

做那无谓的对愁眠

只在江南有雨的时节

撑把伞让自己静默如画

也可以在放晴的午后

在古典的韵致里品茗静思

一定要牵着爱人的手

在木棉花炫目的映照下

在桂花树多情的芳香里

结一个一走千年的缘

走过那长堤那温雅的江南

像风雅的名士般走过

风流在温情的西湖荡漾

寻梦是有感召的

寺庙鱼池中凸起的石块上

一群灵龟在晒太阳

禅钟声里一只老龟用前肢

时或安抚旁边静伏着的小龟

每一下安抚

仿若江南的丝竹奏响一个遥迢的梦

寺院禅堂的钟声是它最好的节奏

我的凝视是不是最好的注解

一定是听过一百零八下的钟声

在寺院有了一定的禅悟

才有这般玲珑的一幕

披着暖暖的阳光

将询问千年的心情映在这样的池水

这池水里灵性的昭示

是江南最好的底色

我不敢去听一百零八下的钟声

异地客栈一宿无眠

那夜是一首诗

探访一方沉寂

居所不远，有一座闻名于世的魏晋墓。墓主人姓王，从江南至西域边关戍守，世称王将军。

——题记

布谷鸟啼鸣而过，大地一派绿意

经年的枯藤上

驻守过黄昏的那只昏鸦

在如血的夕阳里沉睡

我们的踏访过于热闹，无来由的赞叹声

盖过昏鸦的嘶鸣，墓室暗自宣示纹饰的华美

却比不过主人那一辗大炕的温暖

抵不上主人那几坛烧酒的清香

更胜不过主人秀美娇妻的凝眸含情

七月的马蹄，让大漠尘土飞扬

属于主人的静寂，喧闹于现实的苍白

出于好奇的探访或许是莽撞的错误

悬于心的愧疚经年后一再忆起

你本不该自江南而来，在大漠沉睡千年

不如在江南小住一晚

因何至此，沉睡，沉睡

午夜独白

更声是千年的清寂

追思是灯蛾带来的闲愁一地

清寂里细数年华，摊开手掌

从一数到十再从十数到一

掌心老茧的剥落，是千年更声里远去的哀怨

是哀怨着淡去

淡去小园人独立的一个清幽的梦

是暗夜的风，呜咽着卷走异客的青衫

摊开的双手，抓不住似水的年华

握一把惊心的荒凉，将这恼人的灯蛾放飞

放飞在这暗夜，这暗夜的愁绪里

给鸿蒙岁月捎去如千年更声般的愁怨

捎去这愁怨里的独白

更声在愁怨里，一声声飘远

你该醒醒了

让所有的语言冻结

趁着天色未明，好掩饰惊慌的神情

想要忙碌的嘴唇，像是护持住

最后一道尊严，就在这薄纱似的

黑色的夜里，睁大一双黑色的眼睛

在无法言语的上空，投去深井般的眼神

让所有羞赧的脸低垂，趁那月牙儿尚未挂起

好遮掩尚存心底的一抹浅红

深低了头怎把脚下看穿，再不想对远方投去

含情脉脉的一瞥，将绯红的脸颊一再低垂

再用我黑色的衣服轻轻拢住

我们在树影间穿行

所有该盛开的花朵，如期绚烂在了这个夏季

所有该预知的心事

如船只般停靠在了涨潮的心湖

你未至，有挡你的山和阻你的水

这些我都知晓，终归你没来

像夏日里未盛开的最后一朵花

也像未停港的最后一条船

就将所有的花朵撒开，看一场绚烂的浪漫

也将心湖所有的船只驶离港湾

让心湖来一阵喧闹的波痕

就这样，度过一整个夏季

像什么都未曾发生，只是在心底谢过一场花事

望不到你来时的路，就让我们在树影间穿行

随阳光律动，随晨露跳跃

光与影为介质，我们是不散的精灵

可以在光影之间，在一草一叶间
甚或一滴露珠里，汲取足够的能量
我们可以在树影间穿行

一只麻雀在冬天的样子

我要单脚站立

在树枝 桅杆 檐角

甚且挂着冰凌的电线上

遗世而独立 像个名士般

将圆而黑的双眼

全都变为青眼

北方的冬天说来就来

瑟缩在风中没有住所的我

一双青眼冷冷对视

就以单脚站立吧

用青眼问询

不失傲岸之姿

忧伤的小河

北方的小河

在我的忧伤尚未到来时

已经冻结

涟漪不起　波涛不闻

将衣服裹紧　再裹紧

顶着寒风走过吧

走过河对岸的热闹

在商贩的叫卖声里走过

那些灯红酒绿

妖冶女子的嬉闹

将北方的小城感染

肆意里发酵快乐

轻缓而叮咚着

穿过城市的小河啊

如今 你只是冬夜里

闭上眼可以猜想到的单纯

我被一枝梅花喊住

我承认我被一枝梅花喊住

冬日的暖阳斜斜地照着

所有的心事雪一样消融

阳台不远处有一只小鸟

正在梳理它的羽毛

要在冬日的暖阳下

有一次像样的高飞

美好的念头是随着梅花来的

一枝不浓不艳的梅花

俏皮里带着素雅

一场暖阳下的问候

它带着大自然清新的气息

给北方的冬日以骄傲

给我一份冬日的惊喜

只隔着一场雨

一场不声不响的雨自苦恼人的上空落下

一种奇奇妙妙的愁思

恰恰在吟哦诗卷的心头住下

此时，你的娇容似那三月的桃花

灿烂在我凝伫的窗前

雨喧哗起的愁绪储满甜蜜

雨不停，想你的念头不落

这愁绪里想起甜蜜的你

冬天的棉袄

冬天一探头，就在惦记一件暖暖的棉袄

棉袄不只是御寒，是威风凛凛的象征

腰里扎根皮带鼓鼓地移动自己的身体

给小伙伴们大山般的感觉

厚重的幸福在小伙伴的视野里晃动

最好的一件棉袄是姐姐不穿后落到我身上的

喜它双排扣的款式，那个冬季我是王子

将手放在兜兜里吆喝我的小伙伴们

它给我带来整个冬季的温暖

有一点麻木

哀也不哀痛也不痛，深秋不着痕迹地来了
来不及张望，堆积无数枯叶
在我已不轻便的脚下，突兀的枝干裸露在原野
它们在悲歌还是在欢欣

想也这样不想也这样狂风总会将田野里
最好看的花摧毁，来不及惊讶
千万朵枯死的花朵在暗夜泛起阵阵幽香
此时的田园是酸楚还是甜蜜

猫头鹰在北方的深夜发出几声凄惨的叫声
我知道会有孩子哭在深夜

死水里的明艳

秋日枯黄的景象里

结莲的荷花最惨

争艳池水的明丽

零落枯草一堆

婉约如歌的过往

不能令池水涌动柔婉的波

娉婷的身姿唤不醒一汪死水

为伊有过的采莲曲

在死水里变奏为哀曲

静伏经年的蛙声

鼓噪着去和这哀曲

以为是一场盛大的晚会

记忆中隔岸注视过

这秋日里死水里的明艳

花朵还未走出秋天

秋天喝足了夏日的酒，绯红着脸

这不像是与喜庆沾边

喜气里的柔曼不在田野舒展

涨起阴郁的紫红，是阴谋

是对属于夏日的温柔的谋杀

时序的更替里有一种残忍叫作非人力

涅槃般昭示，这个季节，不敢望向那田野

满眼的哀伤会黯淡寂寞人的眼

在流年亘古的堤岸，我们将深情的眼

望向那秋日暖阳下的葵花

它坚韧的茎干挑起敢于刺破阴郁的

秋天的头颅，让秋天的阴谋幻灭

太阳般燃烧在秋天的田野

这样的花朵还未走出秋天

掩思

最是那顾盼的意态，在意象里挥之不去

你轻掩门扉时一个瞬间的静止的神态

敛了一个夏季的热闹的静

蛙声不起，翠鸟不啼，这婉约的清丽

在我如水的心底不断回旋

回旋着远去像梦一般

似小院内荷叶上的一滴清晨的微露

这双手不忍捧了这易碎的露珠

怕消融时晶莹似泪

追梦人的泪滴在鸿蒙荒凉的尘世

你轻掩门扉却不曾关紧

一任心事被世俗猜透，心思浸透门槛

流年的光阴自你脚下舒缓而来

忧伤便在你心头轻拢一个结

我于千里之外寄来相思的剪刀

为你剪去拢在心头的结，选择一个较好的日子

安放在这云烟罩着般的景象前

在你轻掩门扉的午后

轻拈一枚尘世的忧伤

该是满月的季节，仰头像要触碰这幸福

要接这金黄圆盘里浓浓的幸福

蜜汁般徐徐流溢像一则故事

人们在传唱，我迟钝的神经未能感知

小径的小草几近踩倒，望你的眼神渐至迷离

你瀑布般泻我一身清寂

这清寂里的忧伤经受不了你自上而下的华彩

我零碎的脚步沾着青草的绿

在你的注视下凌乱成影

就采摘一枚因你而至的红叶

带着秋凉的忧伤遮掩你华彩下我惨白的脸

如我轻拈着的忧伤的红叶

去到田野

去到田野，让记忆徐徐溯回

浮躁已如儿时记忆中三年灾荒后

大地发出的呻吟

记忆里泅游几十载未告终结的一个梦

像将要破土的嫩芽在残冬里挣扎

一种来自风的声音仙乐般弥散在田野

我在驻足聆听，依稀听到

骑在老牛背上的我用柳笛吹响的欢乐

初春的讯息里还没有真正的春天

我知道不安和恐惧已然随微风走过一程

推开的窗户里也只有灰色的树枝

你我都心领神会的还是灰蒙蒙的天

远山和远山的后面是一波又一波江波

有一程又一程不该忘却的行脚

他们从深冬的困境里揪出过春寒遗失的料峭

无法忍顾的其实早已冰封

至今不想雪藏的只有心底青草般柔软的念想

纵然多情——

急于踏青的步伐到底揭不开春天的谜底

囿于一隅的人民悬着一城的泪水

那些残冬下的树木撑起滂沱后的颤抖

一个冬天守望过的高贵和真诚

在破冰的初春能否涂满曙光的影子？

有些感动和我低着头想起的祈祷一样深刻

即便这初春的讯息里还没有真正的春天

祁连山的关爱

1

八百里奔跑和千里之外的守望没有区别

冰封的王城和童话里也没什么不同

不要用天造地设来揣度冰心之下饱满的热度

我的晶莹之泪盛装有一草一木的心事

时序进入春天，我摇落的芳英粒粒多情

用缱绻之姿张挂起江山的骄傲

铺开的尘烟里，面容和失传的佳话一般

谁记取过往？那些藏在心底的梦

2

我的根是故乡在萦回的路途遗失的风烟

是远路上承载心情的一声声告白

借着北向的风望向昆仑山

嗅到熟悉的牛羊的味道

粗糙的具有力度的原始的亲民感由此诞生

说昆仑山是一条舞跃的龙

那是来自故乡善良的人们心底的念叨

它为我结起哈达般的心愿

魂魄将日月拉得很长

3

用蛰伏换得四季分明

哈拉斯湖明镜般的忧伤里映着问询

从东到西亦或从南到北

像朝圣的老阿妈用匍匐身姿膜拜使命的坐标

阿尔金山折射的阳光让我激动

它的壮美杂糅有不和谐的声音时

我就会落泪

4

曾经肩挑过八百里的贫穷与不幸

起伏不定的愁怨一度将我笼罩

青海湖澄明的眸子里揉不得沙子

望穿天空大把的蓝将忧郁沉淀在心底

需要吞吐日月的精华

去聆听坚硬的风

是如何在冰冷的石头上刻下誓言

5

顶起云层之外的高贵，撑起山河的奔腾

粗糙的体肤是别样的大写意

无论欢歌还是悲苦

横竖都能甩出意象里一个男子的壮美

在西北偏西的角度同日月争辉

用耀眼的铠甲包裹住体内火苗般的跳动

向上，奔突

这来自原始又归于本真的我的心跳

6

有时候，一个冬天的秘密不曾开启

我的斑鸠鸟会徒劳地叫开春天

那些温情让风吹过高冈

透过斑驳的树影

我看到一路攀岩而上的岩羊

将倔强的蹄子不断地探进我的胸膛

闷着头赶路的雪豹将谎言写在肌肤上

我听到它们跑过的足音里

带着和我一样的朴素，山河般的缄默

7

东向的风会定期捎来油菜花茂密的情思

忧郁的黑河水敛起将要泛滥的潮水

沙漠透出黄褐色的时间的记忆

人们用丝绸的记忆将心事缠了又缠

边关，塞外，苍凉过的半个月亮

都未曾在我流泪的山头遗忘

时间丰富了我的阅历还有我的情感

沉默或者欢悦，都是唯一的牧歌

8

忘记落寞像是在晚风中忘记落木

起身动念都关乎一山一水

行人的脚步带出春天的讯息

有些特别的关爱挂着凝霜的问询

春风，马蹄

一度遗失的劲草都将蓄势待发

这个春天承载了太多的期许

嫩芽上浸透江河湖泊澎湃的吼声

9

尚未说出的故事都作了年轮的底色

淡灰色的苍苔不曾走出眼帘

那是遗失在岁月里本真的容颜

一定有过如风的叹惋

才可以在江湖般深的日子里将明天推动

甚至头顶的荒草也都触碰过蓝天

高原，苍茫

就不再是词海里永远过不去的惆怅

10

我用顽石般的心肠接近亘古的沙砾

坚硬与坚硬对接一场又一场宿命

隐匿其中的温情像覆盆子花

满山遍野泄露着一个时代的秘密

如果我在此时醒转

我将给世人带来成熟的密码

它们在雾岚，岩石，翠柏上汲取阳光的温度

2020.4.30